심판이라는 돌

심판이라는 돌

김유원 장편소설

한끼

일러두기

· 작품에 등장하는 인물과 사건은 모두 허구입니다.
· 본문 속 야구 장면을 이해하는 데 도움이 될 만한 기본 규칙과 용어는 부록에 수록하였습니다.

차례

심판이라는 돌 7

작가의 말 219

심판원에 대한 일반지시 224
야구의 규칙과 용어 226

1

 가을야구를 앞두고 순위 싸움이 치열한 9월 중순이었다. 4위 와 5위 팀의 정규리그 마지막 맞대결을 보려고 전국에서 몰려 든 팬들로 수원 야구장이 가득 찼다. 평소보다 취재기자도 많았 다. 사람들은 한여름처럼 더운 이상기후를 견디려고 쉴 새 없이 맥주를 마셨고, 더그아웃에 있는 선수들은 에어컨 앞을 떠날 줄 몰랐다. 홍식은 내리쬐는 햇볕을 고스란히 맞으며 두 시간 넘게 2루 베이스 옆에 서 있었다. 지열로 발바닥이 뜨끈했다. 등은 땀 으로 흠뻑 젖었고, 모자 안은 습기 찬 욕실처럼 축축했다. 30도 가 넘는 날 오후 2시 경기는 무리라는 이야기가 며칠 전부터 언 론과 야구 관계자들 사이에서 나왔다. 하지만 예매가 끝난 데다 지상파 중계가 예정되어 있다는 이유로 야구위원회가 일요일 낮 경기를 강행했다. 그 결과 땡볕에서 전력투구한 양 팀 선발투수가 5회도 되기 전에 모두 강판당했고, 매 이닝 수비 실책이 나왔다.

이런 날씨엔 동네 개도 그늘에서 쉴 거야.

하늘색 심판복을 입은 홍식이 땡볕에 서 있는 후배들과 공을 쫓아 달리는 수비수들을 보며 고개를 절레절레 저었다.

8회 초였고, 3 대 3 동점 상황이었다. 투 아웃에 주자는 1루. 폭염을 제외하면 홍식이 수백 번 넘게 경험한 익숙한 상황이었다. 원정팀 3번 타자가 팔로 이마의 땀을 훔치며 타석에 들어섰다. 투수가 두 손을 모으며 투구 자세를 취했다. 홍식을 포함한 네 명의 심판들은 각자의 위치에서 어깨너비로 다리를 벌린 후 몸을 살짝 낮췄다. 첫 번째 공은 슬라이더였다. 스트라이크존에서 오른쪽으로 빠지면서 볼이 되었다. 1B-0S. 두 번째 공은 직구, 스트라이크였다. 1B-1S. 세 번째 공과 네 번째 공은 연달아 파울이 되었다. 1B-2S. 두 팀의 승차가 0.5 게임밖에 나지 않아서인지 무더위에도 타자의 집중력이 좋았다. 홍식은 투수의 투구 리듬에 맞춰 몸을 낮췄다, 높이기를 반복했다. 홍식의 등이 계곡이라도 되는 양 땀이 등줄기를 타고 줄줄 흘렀다. 투수가 다섯 번째 공, 낮게 깔린 직구를 던졌다. 투 스트라이크에 몰린 타자가 힘껏 배트를 휘둘렀다. 배트에 맞은 공이 투수를 지나 홍식 앞에 있는 2루수에게 향했고, 판정을 위해 홍식이 몸을 왼쪽으로 재빠르게 옮기는 순간 그라운드를 스치며 불규칙하게 튀어 올라 홍식의 왼쪽 정강이를 강타했다. 다리를 감싸며 홍식이 쓰러졌다. 홍식의 정강이를 맞고 굴절된 공은 수비수가 없는 곳으로 데굴데굴 굴러갔다. 그사이 1루에 있던 주자가 2루를 지났다. 뱅뱅 돌아가는 주루 코치의 팔을 보고는 뒤도 돌아보지 않고 홈까지 내달렸다. 중견수가 굴러오는 공을 잡아 홈으로 송구했지만, 주자는 아슬아슬하게 세이프. 점수는 4 대 3. 팽팽했던 균형이 깨지면서 리그 5위인 원정팀이 역전했다. 원정 팬들은 기쁨의 함성을 질렀고, 홈 팬들은 탄식하며 홍식을 비난했다.

그것도 못 피해?

야구 규칙상 내야수를 지난 위치에서 타구가 심판의 몸에 맞으면 심판을 기물로 취급해 경기는 그대로 진행된다. 2루수가 놓친 공이 홍식의 정강이에 맞고 굴절되지 않았다면 백업하러 달려온 유격수가 잡아서 홈으로 송구했을 것이다. 그러면 주자가 3루에서 멈췄거나 홈에서 아웃되었을 텐데, 하필 공이 홍식을 맞고 수비수가 잡기 힘든 위치로 굴러가는 바람에 점수가 났다. 순식간에 벌어진 어쩔 수 없는 일이었다. 적어도 홍식은 그렇게 생각했다.

선수들의 플레이가 일단락되자 1루심과 3루심이 누워 있는 홍식에게 달려왔다.

"선배님, 괜찮으세요?"

1루심인 성철이 홍식의 다리를 살폈다.

"공이 너무 빨라서 못 피했어."

홍식은 상체를 일으키며 선글라스 아래로 손을 넣어 눈물을 닦았다. 정강이를 맞는 순간 너무 아파서 자동으로 찔끔 나온 눈물이었다.

"이 더위에 그런 공을 어떻게 피해요?"

3루심인 광태가 안쓰러워하며 홍식의 등에 묻은 흙을 털어주었다. 가만히 서 있기만 해도 통증이 느껴질 정도로 아팠지만, 홍식은 의약품을 들고나오는 홈팀 트레이너에게 손을 들어 괜찮다는 표시를 했다. 더위에 지친 선수들과 팬들을 생각해 더는 시간을 지체하지 않으려는 마음에서였다. 성철과 광태가 제자리로 돌아갔고 경기는 바로 재개되었다.

그때까지만 해도 홍식은 괜찮았다. 정강이가 욱신거렸지만 마음은 정말 괜찮았다. 원정팀의 승리로 경기가 끝나자 흥분한 홈팬들이 매수 심판이라고 조롱하는 말을 들었을 때도 괜찮았다. 팬들의 비난은 일상이었다. 더구나 오늘 경기는 가을야구가 걸려 있었다. 공이 자신의 정강이에 맞는 바람에 두 팀의 순위가 바뀌었으므로 홍식은 홈팬들의 격분을 이해했다. 1군 심판이 된 지 2년밖에 되지 않은 성철은 일부러 다리를 내민 것도 아닌데 너무하는 거 아니냐며 흥분했지만, 2군에서 4년, 1군에서 24년 동안 야구 심판으로 뛰고 있는 홍식은 팬들의 비난도 승부에 연루된 심판이 감내할 몫이라며 후배를 달랬다.

경기가 끝난 후 홍식은 심판실에 혼자 남아 부은 정강이를 찜질했다. 선수들에게 사인받으려고 기다리는 팬들이 사라질 때까지 기다릴 작정이었다. 예전처럼 이런 일로 심판에게 오물을 투척하거나 폭행하는 팬은 없겠지만, 그래도 얼굴을 보여 험한 말을 자청할 필요는 없다고 생각했다. 마침 일요일이라 내일은 경기가 없었다. 느긋하게 움직여도 괜찮았다. 홍식은 벌겋게 부은 정강이에 얼음팩을 대고 휴대폰으로 타 구장 경기 결과와 각종 야구 뉴스를 살핀 후 자신이 공에 맞는 장면이 섬네일로 나와 있는 영상을 재생했다. 영상 제목은 '가을 야구 최대 변수가 되어버린 2루심의 다리'였다. 내용은 새로울 게 없었다. 빠르게 날아간 타구가 땅을 스치며 굴절되어 홍식의 정강이를 강타, 주자는 세이프, 역전, 팬들의 환호와 분노. 그런데 이상했다. 불과 한 시간 전에 몸소 겪었던 일을 영상으로 본 것뿐인데 홍식의 마음에 거나한 소용돌이가 일었다. 공에 맞은 것도 아닌데 눈물이 쏠끔 나왔다.

내가 왜 이러지?

홍식은 당황하며 손등으로 눈물을 훔쳤다. 하지만 찔끔 나온 눈물은 마중물이었는지 그때부터 수도꼭지를 약하게 튼 것처럼 눈물이 줄줄 흘렀다. 멈추려고 해도 멈춰지지 않았다. 홍식은 누가 볼까 봐 걱정되어 심판실 문을 잠갔다. 수건을 쥐고 소파에 앉자 뜨거운 것이 치밀면서 비 온 다음 날 떨어지는 폭포수처럼 콸콸 눈물이 쏟아졌다. 우는 소리가 새어 나갈까 봐 입을 틀어막아야 할 정도로 통제 불가능한 울음이었다. 서러운 울음이었다. 홍식은 느닷없이 출현한 서러움의 정체를 몰라 당황하면서도 한참 서러워했다. 수건이 축축해질 정도로 울었다. 그러자 소용돌이가 천천히 사그라들었다. 뜨거운 것도 빠져나갔다. 후련하지는 않았다. 가슴속에 차갑고 묵직한 뭔가가 남아 있었다. 그게 뭔지 알 듯 말 듯했다.

홍식은 두 발을 테이블에 올리고 지친 몸을 뒤로 젖혔다. 심판실의 환한 형광등 빛이 얼굴에 쏟아졌고, 돌 지난 손주가 있는 할아버지가 일터에서 할 행동은 아니라는 생각이 들었다. 바닥에 떨어진 얼음팩을 주워 이번엔 눈을 찜질하면서 아까 본 영상을 다시 재생했다. 남들 앞에서 이런 꼴을 보이지 않으려면 뭐가 자신을 자극했는지 알고 있어야 할 것 같았다. 공에 맞는 걸 볼 때까지는 아무 동요도 일지 않았다. 쓰러지는 장면까지도 괜찮았다. 그다음 장면들이 문제였다. 정강이를 잡고 쓰러지는 홍식을 아랑곳하지 않고 달리는 주자, 신나게 팔을 돌리는 주루 코치, 득점에 환호하는 원정 팬들과 선수들, 그리고 그라운드에 짐짝처럼 놓인 홍식의 몸. 서글픔이 몰려오면서 다시 소용돌이가 일었다.

"공이 내야수를 지나면 심판은 기물로 취급합니다. 말하자면 돌인 거죠. 그러니까 지금 상황은 타구가 돌에 맞은 걸로 보고 플레이를 계속하는 겁니다. 수비하는 팀 입장에선 아쉬울 수 있지만 규칙이 그렇습니다."

해설자가 친절하게 야구 규칙을 설명하는 동안 홍식이 공에 맞는 모습과 득점 장면이 느린 화면으로 반복해서 나왔다.

다들 규칙에 따라 움직였어. 이상 행동은 없었어. 근데, 왜 이렇게 서글프지?

머리로 이해되지 않는 일에도 감정은 반응하는지 이번에도 영상을 보자마자 눈물이 줄줄 흘렀다. 하지만 영상을 아무리 봐도 눈물샘을 자극한 요인이 뭔지 알 수 없었다. 뙤약볕에 쓰러져 있는 몸뚱이가 안쓰럽긴 했지만, 이 정도로 울 일은 아니었다.

나도 갱년긴가?

영상엔 이미 많은 댓글이 달려 있었다.

심판이 경기를 지배했네. ㅋㅋㅋ

심판도 운동 좀 해라. 멍청하게 서서 경기 방해하지 말고.

몸치 아니면 매수.

계좌 추적해 봐라. 빼박 승부 조작.

심판들 싹 다 로봇으로 대체하자. 실업급여 받으면서 빌빌거려 봐야 정신 차림.

저 새끼 멱살이네. 박홍식. 저런 퇴물 심판은 빨리 폐기 처분해야 된다.

멱살 새끼 민망하니까 일부러 천천히 일어나는 거 봐라.

몸치 아니면 매수라는 댓글에 가장 많은 '좋아요'가 눌려 있었다. 지금은 심판이지만 신인 드래프트에서 지명받고 프로 선수로 야구계에 발을 들였던 홍식에게 몸치라는 말은 모욕이었다. 최우수 심판상을 두 번이나 수상했으며 식당에서 우연히 구단 관계자를 만나면 쓸데없는 오해를 사지 않기 위해 서둘러 자리를 옮기는 홍식에겐 매수란 말도 모욕이었다. 그러나 홍식이 가장 수치를 느끼는 건 언제나 '멱살'이었다.

저 새끼가 왜 멱살임?

몰랐어? 이 영상 봐봐.

대박. 미친 새끼네.

저런 놈이 왜 안 잘리고 계속 심판하는 거야? 깡패 새끼야?

멱살은 12년 전 심판과 선수 사이에 벌어진 싸움을 말리러 간 홍식이 선수의 멱살을 잡는 게 중계 화면에 잡히면서 생긴 별명이었다. 영상만 보면 선수의 멱살을 잡은 홍식이 미친 새끼가 맞았다. 하지만 실상을 알고 나면 홍식을 일방적으로 욕할 수만은 없는 내막이 있었다.

그날 홍식은 경기의 3루심이었다. 8년 차 심판인 홍식의 후배가 1루심이었고, 타자는 1루심의 프로 입단 동기였다. 그러니까 1루심과 타자는 같은 해에 같은 프로팀의 유니폼을 입었지만, 한 명은 지지부진한 성적으로 선수 생활을 그만두고 심판이 되었고, 한 명은 꿋꿋이 살아남아 1군 주전이 된 것이었다. 두 사람은 고교 리그에서 타격왕을 다투던 라이벌이기도 했었다. 홍식은 그때까지만 해도 둘의 관계를 몰랐다. 일이 벌어진 후에야 두 사람 사이에 은은한 신경전이 늘 있었단 걸 알았다.

입단 동기였던 선수가 땅볼을 치고 1루로 전력 질주했을 때 1루심은 망설이지 않고 아웃을 선언했다. 넉넉히 세이프라고 생각한 선수는 바로 1루심에게 달려가 거세게 항의했다. "이게 왜 아웃이야?" 1루심도 격분했다. "이게 아웃이 아니면 뭐가 아웃이야?" 비디오판독이 없던 시절이었다. 실랑이기 벌어졌고, 3루에 있던 홍식은 다혈질인 후배를 진정시키려고 1루에 갔다가 아웃 판정을 받은 선수가 후배 심판에게 하는 막말을 들었다. 한때는 동기였던 1루심에게 하는 말이었으나 심판 모두를 모욕하는 말이었다. 이런 모욕을 듣고도 가만히 있으면 심판의 권위가 끝도 없이 추락할 거란 위기감을 불러일으키는 말이기도 했다. 후배 심판이 주먹을 불끈 쥐고 선수에게 다가가자 홍식은 후배를 가로막으며 막말한 선수의 멱살을 가볍게 잡았다. 후배의 분을 풀어줄 요량이었다. 감독들이 분위기 반전을 노리고 종종 심판에게 배치기 하는 것처럼 일종의 제스처를 취한 것이다. 손에 힘을 주지도 않았다.

하지만 홍식은 감독이 아니라 심판이었다. 선수의 멱살을 잡자 주먹을 쥐었던 후배가 도리어 화들짝 놀라며 자신의 팔을 끌어 내리는 걸 보고, 홍식은 자신이 취한 제스처가 적절하지 않았단 걸 알아차렸다. 자신의 감정이 실린 행동이었단 것도. 바로 사과했다. 하지만 선수는 사과를 받아주지 않았다. 황당해하며 길길이 날뛰었다. 선수가 속한 팀의 감독과 몇몇 선수가 자리를 박차고 나왔고, 관중석에선 야유가 쏟아졌다. 홍식의 거듭된 사과에도 소란이 계속되다가 주심의 사과와 중재로 겨우 경기가 재개되었다. 경기가 끝난 후 징계위원회가 열렸다. 홍식에게 열 경기 출장정지가 내려졌다. 막말을 한 선수에게도 야구 규약 제

151조 품위손상행위 규정에 따라 열 경기 출장정지가 내려졌다. 홍식이 선수의 멱살을 잡은 것만 본 야구팬들은 협회의 심판 감싸기라며 징계 결과를 거세게 비난했다. 선수가 어떤 말을 했는지 아는 야구인들은 징계 결과에 고개를 끄덕였다.

정확한 판정과 점잖은 태도로 선수들과 후배들이 가장 존경하는 심판으로 알려져 있던 홍식은 그 사건 이후 야구계에선 판정이 정확할 뿐만 아니라 성깔과 의리도 있는 심판으로 알려지게 되었다. 동료 심판들은 멱살로 선수들의 기강까지 잡았다며 대놓고 홍식을 칭찬했다. 실제로 홍식은 멱살 사건 후로 자신을 대하는 선수들의 태도가 한층 깍듯해진 걸 느꼈다. 스트라이크 판정을 받을 때마다 구시렁거리는 걸로 유명한 선수도 한동안은 입을 다물었다. 여러 곤욕을 치르긴 했지만 멱살 사건을 통해 판정만 잘한다고 심판의 권위가 지켜지는 게 아니란 걸 알게 된 홍식은 그때부터 선수들에게 곁을 주지 않았다. 판정에 항의하면 정색했고, 심하면 퇴장 조치도 서슴지 않았다. 심판의 권위를 손상할 위험이 있는 비디오판독 도입은 끝까지 반대했다. 그러면서 꼰대라는 소리를 왕왕 들었지만, 개미구멍으로도 둑이 무너지는 법이라며 심판의 권위를 지키는 일이라면 작은 일에도 앞장섰다.

선수들이 다 빠져나갔는지 복도가 조용했다. 홍식은 심판실의 불을 끄고 주차장으로 향했다. 쓰러지는 심판을 아랑곳하지 않고 달리던 주자, 쓰러진 심판을 우두커니 보고만 있던 젊은 유격수, 심드렁한 표정으로 경기 재개를 기다리던 고참들. 영상에서 본 선수들의 모습이 자꾸 떠올랐다. 예전에는 심판이 넘어지거나 공에 맞으면 그게 자기 팀에 유리하든 불리하든 가까이에 있는 선수들이 다가와 심판의 안위를 살폈다. 요즘 선수들은, 그중에서도 젊은 선수들은 심판이 공에 맞든, 더위를 먹고 쓰러지든 눈 하나 깜짝하지 않았다. 심판도 그라운드에서 함께 땀 흘리는 야구인이라는 동료의식이 없는 듯했다.

준호 말대로 심판이 공 판정을 하지 않게 되어서일까?

2

준호는 3년 전에 은퇴한 포수다. 팀을 한 번 옮긴 탓에 영구결번이 되진 못했지만, 골든글러브를 세 번 수상하고 FA도 세 번이나 한 타이푼 출신의 레전드 포수. 서글서글한 성격과 재치 있는 입담으로 동료 선수뿐 아니라 팬들에게도 인기가 많았던 준호는 마흔이 되자마자 은퇴를 선언했다. 나이가 들면서 종종 한물갔다는 소리를 들었어도 유연한 핸들링과 노련한 수싸움으로 1, 2년 정도는 충분히 주전으로 더 뛸 수 있다고 평가받고 있었던지라 그의 은퇴에 모두가 깜짝 놀랐다. 그다음 행보는 더 의외였다. 해설이나 지도자, 방송인으로 제2의 인생을 시작하는 다른 은퇴 선수들과는 달리 준호는 방송은 물론이고 야구계 행사에도 일절 얼굴을 비치지 않았다. 치명적인 병에 걸려 제주도에서 요양 중이라는 소문이 돌았고, 배우 출신의 아내가 연하 배우와 바람나서 애 둘을 혼자 키우고 있다는 소문도 돌았다. 도박하다 빚을 져서 사채업자에게 쫓기는 중이라는 소문도 있었다. 그 어떤 소문도 사실이 아니었다. 지난달 홍식을 찾아온 준호는 프로에서 딱 20년만 버티자는 목표를 이루고 나니 야구 할 동력이 사라져서 은퇴를 결심한 거라고 했다.

"돈도 벌 만큼 벌었겠다, 애들 학교 들어가기 전에 같이 여행이나 실컷 다니고 싶더라고요."

준호는 아내와 함께 다섯 살, 여섯 살 연년생인 두 딸을 데리고 하와이에서 1년 정도 살다가 바르셀로나, 파리, 런던, 프랑크푸르트 같은 유럽 대표 도시들을 몇 개월 동안 돌아다녔다고 했다. 이동하는 생활에 익숙한 준호와 달리 준호의 아내는 매번 짐을 싸고 풀며 부유하는 생활을 힘들어했지만, 두 딸이 호텔 생활을 좋아하는 데다 지금이 아니면 언제 이렇게 긴 여행을 다닐 수 있겠냐는 준호의 말에 설득되어 나중엔 준호가 한국으로 돌아가자고 하는데도 애들 교육을 위해 영어권 국가에 조금만 더 머물다 가자고 해서 멜버른에서 3개월을 더 보낸 뒤 작년 11월에 귀국했다고 했다.

"팔자 좋죠?"

준호는 교정으로 가지런해진 치아를 보이며 머쓱하게 웃었다.

"팔자 좋긴, 20년 동안 고생했는데 그 정도는 누려도 되지."

홍식은 삐죽삐죽 나온 덧니로 어딘가 불안정한 인상을 풍기던 신인 시절의 준호를 떠올리며 인자하게 말했다.

"역시 선배님밖에 없어요."

준호는 불판에 있던 소고기 한 점을 홍식의 앞접시에 올려주었다.

준호는 요즘 젊은 선수들처럼 홍식을 심판님이라 부르지 않았다. 선배님이라고 불렀다. 홍식에게만 그러는 게 아니었다. 자기보다 나이 많은 프로 출신 심판은 전부 선배님이라고 불렀다. 언젠가 한 신입 기자가 홍식을 왜 선배라고 부르냐고, 동문이냐고 준호에게 물었다. 준호는 아무나 프로 지명을 받냐고, 잠깐이라도 프로 생활을 했으면 무조건 선배님이라고 답했다.

홍식은 준호가 선배님이라고 부르는 게 싫지 않았다. 잠깐이나마 프로 선수였다는 사실은 홍식을 비롯한 프로 출신 심판들의 자부심이었다. 하지만 준호가 말할 때마다 유독 선배님이란 호칭에 힘을 싣는 걸 곱게 보지만은 않았다. 심판들의 자부심을 건드려 유리한 판정을 얻어내려는 노림수라고 생각했다. 베테랑 포수의 사탕발림에 넘어가 자기도 모르게 유리한 판정을 내어주지 않으려고 항상 경계했다. 그러나 심판의 핵심 직무였던 볼-

스트라이크 판정이 ABS라는 자동 투구 판정 시스템으로 넘어간 후에도 준호는 홍식을 꼬박꼬박 선배님이라고 불렀다. 기계가 판정하면 그게 컴퓨터 게임이지 야구냐면서 준호가 ABS 도입에 끝까지 반대했다는 이야기를 들은 후로는 홍식도 더는 베테랑 포수의 진의를 의심하지 않고 그의 싹싹한 인사를 기분 좋게 받았다.

그게 전부였다. 준호와의 인연은. 한여름에도 무거운 장비를 차야 하는 고충과 투수가 던지는 강속구를 정면에서 봐야 하는 포지션으로서 유대감을 나눈 적은 있으나 사적으로 연락한 적은 한 번도 없었다. 그래서 준호에게 전화가 왔을 때 홍식은 놀랐다. 부탁이 있다며 만나자고 했을 때는 더 놀랐다. 준호가 나한테 무슨 부탁을? 선수와의 만남은 자제해야 하지만 준호는 이제 심판이 거리를 둬야 하는 현역 선수가 아니었으므로 홍식은 흔쾌히 만나자고 했다.

은퇴 후 있었던 일들을 쉴 새 없이 떠들던 준호는 고기를 다 먹고 냉면을 먹을 때에야 투수의 공을 받을 때처럼 진지해졌다. 2년 동안 놀았더니 몸이 근질근질하다면서 이제 일을 할 생각이라고 했다. 코치로 오라는 제안도 받고 방송 섭외도 받았는데, 어디에 매이는 건 싫고 남 좋은 일 하는 것도 싫다고 했다.

"첫째가 올해 초등학교에 입학했거든요. 아시죠? 우리 딸 다솜이."

"알지. 벌써 초등학생이야?"

"네, 학교에서 부모님 직업을 조사하는 숙제가 있어서 다솜이가 아빠 직업이 뭐냐고 묻는데 다솜이한테 제 직업을 뭐라고 말해야 할지 모르겠더라고요. 야구 선수는 이제 제 직업이 아니잖아요. 그렇다고 은퇴 선수라고 할 수도 없고…. 사실 그때 좀 충격을 받았어요. 내가 너무 인생을 다 산 사람처럼 살고 있나? 은퇴라는 말에 너무 짓눌렸나?"

"40대면 사회에서는 한창 일할 나이니까. 우리 야구인들은 다르지."

"맞아요. 근데 그런 생각이 드니까 일단 뭐라도 해야겠더라고요. 다솜이가 선생님이나 친구들한테 말할 수 있는 직업을 만들자. 그래서 아내랑 의논하고 주변에도 많이 물어봤는데 사람들이 다 유튜브를 하라고 하더라고요. 아내나 저나 자기 콘텐츠가 있으니까 잘될 거라고."

"그래. 요즘 선수들 은퇴하고 많이 하더라."

"제가 낯도 안 가리고 아는 사람이 많잖아요."

"제일 마당발이지."

"에이전시에 말하니까 바로 제작진을 붙여주더라고요. 요즘 잘나가는 팀이라고 해서 만났는데, 그 사람들 말이 지금 야구 유튜브 시장이 포화 상태라서 처음엔 무조건 새로운 걸 해야 된대요. 나중에는 뻔한 걸 하더라도요."

"새로운 거?"

"예, 새로운 콘셉트요. 요즘 선수들이 하는 유튜브 보면 다 후일담이잖아요. 잘나가는 현역들 불러서 이빨 까거나 현역 때 있었던 썰 풀거나. 저는 그게 좀 별로더라고요. 물론 그런 것도 할 수 있지만 후일담만 계속 나오는 건 좀 구리지 않나요? 아닌 말로 한물간 거 보여주려는 것도 아니고. 저는 이왕 할 거면 뭔가 야구계에 파장을 일으키거나 질문을 던질 수 있는, 내용 있는 콘텐츠를 만들고 싶어요."

준호는 홍식이 냉면을 먹는 동안 젓가락으로 허공을 저으며 곧 개설할 유튜브 채널과 나중에 하게 될 각종 미디어 사업을 설명했다. 그리고 본론을 꺼냈다.

"선배님, 저는 제 유튜브를 묵직한 직구로 시작하고 싶어요. 남자는 직구잖아요. 제작진이랑 몇 가지 아이템을 이야기했는데, 제가 포수 출신이라 그런지 저는 로봇 심판에 관심이 많이 가요."

"로봇 심판? ABS?"

"네, 제가 ABS 도입되기 직전에 은퇴해서 인간 심판 판정만 받아봤지 ABS 판정은 한 번도 못 받아봤잖아요."

"그랬지."

"그래서 그런지 몰라도 요즘 야구 보면 재미가 없어요. 뭔가 밋밋해. 선배님도 아시다시피 야구는 수싸움이 백미잖아요. 저 투수는 어떤 타입이다, 저 타자는 어떤 타입이다, 선수랑 상황에 맞춰서 볼 배합하고, 주심 성향을 파악해서 존 컨트롤하면서 카운트 싸움하는 게 야구의 진짜 재민데, ABS 때문에 그런 재미가 확 준 것 같아요. 약간 배팅볼 연습장 같은 느낌?"

"에이, 그 정도는 아니지. 투수랑 타자 수싸움은 계속하잖아."

"아니에요. 밖에서 보면 그게 아니라니까요. ABS 도입한 후로 중계 보면 투수가 타자랑 싸우는 게 아니라 컴퓨터랑 싸우는 것 같아요. 포수 프레이밍도 없어졌잖아요. 야구 특유의 그 찐득한 분위기가 진짜 많이 죽었어요. 이런 식으로 마음에 안 드는 거 하나둘 로봇으로 바꾸면 야구라는 게임이 남아나겠어요? 심판은 공정하게 판정하려고 최선을 다하고, 그런데도 인간이니까 가끔 오심하고, 그러면 선수들이 열받아서 항의하고, 그러다가 받아들이고, 팬들은 그걸 가지고 이러쿵저러쿵 떠들어젖히고. 그런 인간미가 있어서 야구가 재밌는 건데, 요즘 사람들이 야구의 진짜 매력을 모르는 것 같아요."

준호는 고개를 절레절레 흔든 후 후식으로 나온 수정과를 마셨다.

무슨 부탁을 하려고 이렇게 밑밥을 까는 거지?

홍식은 준호의 부탁이 점점 궁금해졌다. 하지만 그걸 묻는 대신 평소 선수들에게 늘 궁금했던 것, 하지만 한 번도 묻지 않았던 걸 물었다.

"그럼, 자네는 오심도 야구의 일부라고 생각하나?"

준호가 수정과가 든 도자기 잔을 테이블에 내려놓으며 확신에 찬 표정으로 말했다.

"그럼요. 실책도 야구의 일부잖아요. 오심도 마찬가지죠. 우리가 실책 많이 하면 2군 내려가는 것처럼 심판도 오심 많이 하면 2군 내려가잖아요. 연봉도 깎이고요. 일부러 오심하는 심판이 어딨겠어요? 정확히 판정하려고 노력하다가 실수하는 거지. 그리고 경기의 판도를 바꿀 만큼 심각한 오심은 그렇게 자주 안 나와요. 공 하나하나가 소중한 선수나 지켜보는 팬들 입장에선 오심이 매 이닝 나오는 것 같아도 냉정하게 분석해 보면 오심 비율이 생각만큼 높진 않아요. 선배님도 아시잖아요."

"그렇지. 99개를 정확히 봐도 한 개를 잘못 보면 그것만 부각되니까 팬들은 심판이 매일 오심하는 줄 알지."

홍식이 맞장구를 치자 준호가 눈을 반짝였다.

"저는 로봇을 도입할 거면 투수가 던진 공을 판정하는 게 아니라 심판 판정이 정확했는지 아닌지를 체크하는 로봇을 도입하면 좋겠다고 생각했었어요."

"그게 무슨 말이야?"

"말 그대로예요. 선수들처럼 심판도 판정을 받는 거죠. 심판별로 정확도나 선호하는 스트라이크존이 분석되고, 판정이 경기에 끼친 영향 같은 게 수치로 나오면 야구를 보는 또 다른 재미가 생기지 않을까요? 심판도 일종의 플레이어가 되어서 로봇과 대결하는 또 하나의 게임이 만들어지는 거죠. 지금은 심판이 오심을 해도 항의할 수 없고 페널티를 먹일 수도 없으니까 복장이 터지는 거잖아요. 심판을 평가하는 규칙을 만들어서 한 경기에 오심이 세 번 이상이면 즉각 교체한다든가, 판정 정확도에 따라 실시간으로 심판 순위를 매긴다든가 하는 식으로 오심을 소화할 수 있는 시스템을 만들면 야구가 더 재밌지 않을까요?"

준호가 의기양양한 눈빛으로 홍식을 쳐다봤다.

"어때요, 선배님? 제작진한테 이 얘기 하니까 저보고 천재라고 하던데요? 어떻게 그런 생각을 할 수 있냐고."

홍식도 준호의 말을 흥미롭게 들었다. 심판의 판정을 판정하는 로봇을 도입한다거나 심판이 플레이어가 된다는 생각은 한 번도 해보지 않은 상상이었다. 그렇게 되면 매 순간 평가를 받는 것이 두렵긴 하겠지만, 심판들에겐 동기부여가 될 수 있다. 심판 리그가 생기면 지금보다 처우가 좋아질 수도 있고. 하시만 ABS를 도입한 지 3년이 다 되어간다. 인간 심판에 불만을 표하던 팬들이 가장 만족하고 있고, 심판 성향을 고려할 필요 없이 자기 공만 던지면 되는 투수들도 만족하고 있다. 타자들은 처음엔 도저히 칠 수 없는 공도 설정 범위에 들어가기만 하면 스트라이크가 되는 것에 스트레스를 받았지만 이내 적응했다. 가장 편해진 건 심판들이었다.

5인 1조로 움직이는 1군 심판은 직무가 고정되어 있지 않다. 경기마다 3루심, 1루심, 2루심, 주심, 대기심 순으로 직무를 로테이션한다. ABS가 도입되기 전 심판들이 가장 부담스러워한 직무는 포수 뒤에 서서 공을 판정하는 주심이었다. 주심을 맡으면 경기 전날 선발투수를 비롯한 양 팀 주요 투수들의 주무기 구종과 성향을 분석해야 했고, 당일엔 3킬로가 넘는 장비를 착용하고 세 시간 넘게 공과 투수의 움직임에 집중해야 했다. 부상을 당할 위험이 가장 큰 것도 주심이었고, 선수들과 신경전이 잦은 것도 주심이었다. 그러다 보니 주심을 맡은 날엔 마치 링에 올라가는 복서처럼 압박감을 느꼈고, 주심을 본 다음 날엔 옴짝달싹 못 하는 파김치가 되었다.

ABS를 도입한 후에도 주심이 포수 뒤에 서서 공을 보는 건 똑같았다. 하지만 직접 판정을 내리는 게 아니라 무전기를 차고 있다가 ABS가 내려준 판정을 듣고 전달하기만 하면 되었으므로 전과는 비교할 수 없을 정도로 부담이 줄었다. 타자들과 기싸움할 필요도 없었다. 스트라이크 판정을 받은 선수가 억울한 표정으로 쳐다보면 어쩔 수 없다는 표정을 지으며 어깨를 으쓱이기만 하면 되었다. 팬들의 야유는 체감상 백분의 일로 줄었다. 그러니까 회사원으로 치면 연봉은 그대로인데 업무 스트레스는 절반 이상 준 셈이다. 그런 탓에 홍식은 심판의 판정을 판정하는 시스템을 만든다는 준호의 상상이 흥미롭긴 했으나 동조가 되진 않았다. 오심도 야구의 일부라고 여기는 준호의 태도는 고마웠다. 그래서 흐뭇하게 웃으며 말했다.

"우리 심판을 그렇게까지 생각해 주니 고맙네."

고맙다는 말을 자신의 아이디어에 대한 긍정이라고 해석한 준호는 신이 난 얼굴로 '준호만세'라고 이름 붙인 유튜브 채널의 첫 번째 프로젝트를 설명했다. ABS와 인간 심판의 판정 대결이었다. 고교 최고 투수부터 사회인 투수, 현역 투수, 은퇴 투수까지 열 명의 투수가 총 30개의 공을 던지고 ABS와 인간 심판이 동시에 공을 판정한다. 인간 심판이 30개의 공을 모두 정확히 판정하면 인간 심판이 이기는 거고, 오심이 하나라도 나오면 ABS가 이기는 거라고 했다. 그 대결에 나와달라는 게 준호의 부탁이었다.

홍식은 말만 대결이지 ABS가 틀릴 일은 없으니 그건 대결이 아니라 도전이라고 속으로 생각했다. 로봇 심판을 향한 인간 심판의 도전. 우리가 왜 도전해야 해?

"왜 나야? 다른 심판도 많잖아."

홍식이 못마땅함을 감추고 말했다.

"인간 심판이 이기는 결과를 보고 싶어서요."

준호가 익살스럽게 주먹을 불끈 쥐어 보였다.

"제가 섭외하려고 하는 말이 아니라 선배님만큼 정확하게 공을 보는 심판이 누가 있어요? 제가 프레이밍하면 다른 심판들은 가끔 속았는데 선배님은 한 번을 안 속으셨잖아요. 심지어 선배님은 퇴근 존도 없어. 1회부터 9회까지 스트라이크존이 일정했잖아요. 어떻게 그렇게 잘 보시는 거예요?"

준호가 갖은 말로 홍식을 부추겼다. 하지만 터무니없는 제안이었다. 선수들이나 팬들에겐 재미난 구경거리겠지만, 심판에겐 얻을 게 없는 모험이었다. 더구나 먹살 사건을 제외하면 심판으로서 평판이 좋은 홍식에겐 잘해야 본전이고 못하면 망신일 게 뻔했다. 홍식의 의중을 눈치챘는지 준호가 대결에서 이기면 얻게 될 것을 말했다.

"상금도 있어요. 스포츠용품 회사에서 후원해 주기로 했거든요."

"얼마나?"

"500만 원이요."

돈 이야기에 홍식은 장모의 팔순 잔치 비용을 걱정하던 아내가 떠올랐다. 젊었을 때 남편과 이혼한 후 한복집을 하면서 혼자 딸 셋을 키운 장모는 최고급 호텔에서 팔순 잔치를 하고 싶어 했다. 하고 싶은 건 꼭 하고야 마는 장모의 성격을 아는 홍식은 그렇게 해드리자고 했지만, 아내는 우리가 그럴 돈이 어딨냐며 시무룩해했다. 2년 전 딸을 결혼시키느라 여윳돈을 소진했고, 아내가 갱년기 때문에 일을 그만둔 후 홍식의 외벌이로 지내고 있어 돈을 모으지도 못했다. 둘째인 아들이 어떤 여자와 눈이 맞아 당장 결혼하겠다고 나서면 아파트를 담보로 대출이라도 받아야 할 판이었다. 아내가 속 편한 소리 하지 말라고 화를 냈다면 그냥 넘겼을 텐데, 장난감을 사달라고 떼쓰다가 부모에게 정말 돈이 없단 걸 알게 된 아이처럼 입꼬리를 내리고 시무룩한 표정을 짓는 바람에 홍식은 계속 신경이 쓰였다. 그러나 아내의 입꼬리를 올리자고 28년간 쌓아온 명예를 걸 순 없었다. 홍식이 말없이 고개를 젓자 준호가 상금이 적어서 그러냐고 물었다. 홍식은 다시 고개를 저었다.

"실패하면 너무 많은 걸 잃어. 심판이 공 30개도 제대로 판정 못하면 누가 지금까지의 기록을 신뢰하겠어? 다들 거봐라, 내 저럴 줄 알았다고 하면서 지금까지 나온 모든 기록을 의심할 거야. 이제는 ABS가 판정하니까 당장은 별 영향 없을지 몰라도 사람들 마음에 실금 하나는 그어지게 될 거고. 그런 게 쌓이면 야구가 망가져. 영원히 인기 있는 스포츠는 없어. 우리 야구인들은 그걸 항상 명심해야 해."

"선배님이 이기시면 되잖아요. 이기면 반대가 되잖아요. 내가 생각했던 것보다 심판이 잘 본다고, 그동안 오해했다고 사람들이 반성할 수도 있는 거잖아요. 다짜고짜 대결만 하는 게 아니에요. 훈련하는 장면도 찍고, 선배님 일상도 찍고, 다른 심판들 인터뷰도 해서 다큐처럼 나갈 거예요. 기존 유튜브 영상들보단 훨씬 진중하게요. 그러면 심판의 고충을 어느 정도 알게 될 거고, 그런 후에 선배님이 30개 공을 다 정확하게 판정하면 심판에 대한 사람들 태도가 확 달라질걸요."

"그건 성공했을 때 이야기고."

홍식이 꿈쩍하지 않자 준호가 답답해했다.

"선배님, 자신 없으세요?"

"응, 나는 자신 없어. 자신 있는 사람 섭외해. 남식이나 경욱이 같은 애들은 이런 데 나오는 거 좋아하니까 걔들이랑 해."

홍식은 거절하는데도 끈질기게 설득하는 준호가 점점 더 못마땅했다. 이 대결, 아니 이 도전에서 홍식이 실패한다 해도 준호가 잃는 건 없었다. 심판이 실패하면 오히려 화제가 되어 조회수가 더 잘 나올지도 모른다. 세 번의 FA로 100억 넘게 번 선수가 겨우 500만 원을 제시하는 것도 마음에 들지 않았다.

협찬을 못 받았으면 자기 돈이라도 얹어서 천만 원은 줘야지. 겨우 500이 뭐야, 500이. 이게 그 정도밖에 안 되는 일이라고 생각한 거야?

"자네가 아무리 설득해도 내 마음이 바뀔 것 같지가 않아. 그만 일어날까?"

홍식이 냅킨으로 입을 닦으며 말했다. 그러자 준호가 한숨을 크게 내쉰 후 심각하게 말했다.

"솔직히 예전 같지 않잖아요."

"뭐가?"

홍식이 냅킨을 휴지통에 넣으며 진한 눈썹을 치켜올렸다.

"선배님들이요. 들어보니까 ABS 도입한 후로 심판한테 인사도 제대로 안 하는 애들이 있다던데 정말이에요?"

정말이었다. 공 판정을 하지 않게 된 후로 선수들에게 인사받는 횟수가 확실히 줄었다. 수고하셨다는 말을 듣는 빈도도 줄었고, 허리 숙여 인사하는 선수는 거의 없었다. 일부러 그러는 게 아니라 예전만큼 심판이 선수들 눈에 띄지 않는 듯했다. 구단 관계자도 마찬가지였다. 누구보다 살갑게 인사하고, 허용된 범위 안에서 뭐라도 챙겨주려 하던 운영팀 사람들도 요즘엔 심판을 못 보고 지나칠 때가 많았다. 예전에 홍식에게 명절 선물로 백화점 상품권을 건넸다가 홍식의 신고로 징계를 당한 적 있는 어느 구단의 운영팀장은 대놓고 홍식을 못 본 척했다.

한국에 프로야구가 생긴 이래 수십 년 동안 스트라이크, 볼, 아웃, 세이프, 파울, 페어 판정은 번복되지 않는 심판의 고유 권한이었다. 2014년 후반기부터 심판이 판정했더라도 감독의 요청이 있으면 중계 화면을 보고 아웃, 세이프나 파울, 페어를 다시 결정하는 합의 판정제, 일명 비디오판독이 도입되면서 심판의 고유 권한이 줄기 시작했다. 비디오판독을 도입할 때 판정이 번복되면 심판의 권위가 떨어져 경기 운영에 차질이 생길지도 모른다는 우려가 심판들 사이에 있었다. 홍식도 그런 이유로 반대했었다. 하지만 시행해 보니 그런 문제는 거의 발생하지 않았다. 어이없는 오심으로 판정이 번복되는 경우도 있었지만, 눈으로 확인하기 어려운 치열한 접전 상황에서도 놀랄 만큼 정확히 판정했단 게 확인되는 경우도 많아서인지 심판의 권위는 굳건했다.

ABS는 달랐다. 심판의 마지막 고유 권한이었던 스트라이크, 볼 판정까지 기계에 내어주자 심판을 향한 선수들의 태도가 미묘하게 달라졌다. 뭐랄까, 심판을 보는 눈에 겁이 없어졌달까? 야구 규칙상 선수가 공 판정에 항의할 경우 심판이 즉각 퇴장시킬 수 있었다. 그래서 선수들은 판정이 못마땅해도 고개를 갸웃거리거나 제자리에서 펄쩍 뛰는 정도로만 불만을 표시했다. 뒤에서 욕할지언정 앞에서는 깍듯했고, 심판을 쏘아보는 눈빛엔 언제나 두려움이 있었다. 퇴장에 대한 두려움, 심판에게 찍힐 것에 대한 두려움. 선수나 구단 관계자에게 접근해 판정을 빌미로 협박하거나 돈을 뜯어내는 심판이 드물지만 가끔 있었기 때문에 선수들은 심판이 사사로운 감정에 흔들릴 수 있는 인간이란 걸 잊지 않았다. ABS를 도입한 후로는 공 판정 때문에 심판을 쏘아보는 선수가 없었다. 스트라이크 판정을 듣고 습관적으로 심판을 쳐다봤다가 인간 심판은 ABS의 전달자에 불과하단 걸 깨닫고 머쓱하게 눈을 거두는 선수는 종종 있었다. ABS의 무지막지함에 질려 하소연하듯 심판을 쳐다보는 선수도 있긴 했지만, 그런 식으로 심판을 보는 선수들의 눈에 두려움은 없었다. 진짜 권위는 상대를 쳐다보는 눈빛이나 인사하는 태도 같은 사소한 행동에서 드러난다는 걸 홍식은 알고 있었다. 그래서 두려움이 사라진 선수들의 눈, 점점 성의가 없어지는 인사를 확인할 때마다 걱정했다.

이런 식으로 가다가는 심판이 볼보이 정도의 위상을 갖게 될 수도 있어.

어디까지 밀려나게 될까? 그라운드 밖까지?

다만 아직은 심판의 권위가 떨어졌다고 할 만한 명시적 행태가 없었다. 그래서 심판의 권위 하락은 당사자만 감지하는 미묘한 변화라고 생각했다. 은퇴한 선수도 알 정도로 업계에 알려진 확실한 변화인 줄은 몰랐다.

"심판이 공 판정을 안 한다고 인사를 안 하는 게 말이 돼요? 제가 있었으면 다 집합시켰을 거예요."

준호가 심판의 권위 하락이 기정사실인 것처럼 말하자 홍식은 당황해 말을 더듬었다.

"인, 인사가 뭐가 중요해? 하는 일은 똑같은데."

"중요하죠. 인사가 왜 안 중요해요? 그런 데서 심판의 권위가 드러나는 거잖아요. 선배님은 괜찮으실지 모르지만 아마 다른 심판들은 요즘 자존심 많이 상했을걸요?"

그 말을 듣자 홍식은 앵무새도 아니고 이게 뭐 하는 건지 모르겠다고 중얼거리며 무전기를 점검하던 후배가 떠올랐다.

"선배님이 대결해서서 ABS를 이기면 다른 심판들이 엄청 좋아할 거예요. 후배들에게 자부심을 심어줄 좋은 기회입니다, 선배님."

준호는 불판이 완전히 식을 때까지 끈질기게 홍식을 설득하다가 홍식이 끝까지 거절하자 선배님이 아니면 이 프로젝트를 진행할 생각이 없다며 한국시리즈가 끝난 후에 다시 연락하겠다고 했다.

　　　　　　　　　　●

　그날 이후로 홍식은 준호의 제안을 떠올린 적은 있었지만, 승낙을 고려한 적은 없었다. 하지만 오늘 정강이에 공을 맞고 심판실에서 눈물을 쏟고 나자 갑자기 그 제안에 응하고 싶은 마음이 일었다. 운전해서 집으로 가는 길엔 다른 심판이 그 제안을 수락했을까 봐 걱정되기까지 했다. 다리의 부기는 가라앉기 시작했으나 터져버린 마음은 쉬이 봉합되지 않았다.

3

 홍식은 쉰내 나는 심판복이 든 가방을 들고 현관문을 열었다. 거실 소파에 앉아 책을 읽고 있던 아내는 문 열리는 소리를 듣고도 책에서 눈을 떼지 않다가 중문을 열자 그제야 현관으로 나왔다.
 "왔어? 오늘 더워서 고생했지?"
 "아니야. 할 만했어."
 홍식은 눈이 부은 걸 들킬까 봐 신발을 정리하는 척하며 고개를 숙였다. 미희는 바닥에 놓인 가방을 들며 남편의 머리를 유심히 살폈다.
 "당신 샤워 안 하고 왔어? 머리가 왜 그래?"

"편하게 씻고 싶어서 그냥 왔어."

미희는 야구 중계를 보지 않았는지 홍식이 공에 맞은 걸 모르는 눈치였다. 원래도 책을 좋아했지만 소설 창작 워크숍을 들으면서부터는 야구 중계는 물론 드라마도 보지 않고 책만 읽었다.

홍식은 샤워를 마친 뒤 팬티만 입고 나와 거실 에어컨 온도를 1도 더 낮추었다. 아내는 계속 책을 읽고 있었다.

"재밌어? 무슨 책인데?"

홍식이 아내 옆에 앉으며 물었다. 아내가 책을 들어 표지를 보여주었다. 하얀 바탕에 오래된 쇠숟가락 사진이 있었고, 그 아래에 '숟가락'이란 책 제목과 유정혜 장편소설이란 글자가 적혀 있었다.

"숟가락? 또 그 선생 소설이야?"

"응."

"그 선생 책만 벌써 몇 권째야. 많이도 썼다. 몇 살이야?"

"마흔셋."

"그런데 아직도 자리 못 잡았어?"

"그게 무슨 말이야?"

책에 눈을 고정하고 있던 미희가 홍식을 쳐다봤다.

"책이 안 팔리니까 강의하는 거 아냐? 본업으로는 돈을 못 버니까?"

"함부로 말하지 마."

미희가 남편을 흘겨본 뒤 다시 책으로 눈을 돌렸다.

"함부로라니? 그냥 사실을 말한 거잖아."

홍식이 수건으로 머리를 털며 황당해했다. 머리카락이 어깨와 배에 몇 가닥 떨어졌다.

"여기서 말리지 마. 우리나라에서 책 팔아서 먹고살 수 있는 작가 몇 명 없어."

"그러니까 내 말이 그 말이잖아. 그게 왜 함부로 말한 거야?"

홍식은 아내에게 오늘 있었던 일을 이야기하고 싶었다. 공에 맞은 것과 갑자기 터진 눈물과 준호가 한 제안에 흔들리는 자신에 대해. 그래서 시비를 걸며 아내의 책 읽기를 방해했지만, 미희는 등을 돌리며 책에만 집중했다.

아내는 요즘 워크숍 강사에게 지극정성이었다. 애들도 다 컸겠다, 갱년기 증상 때문에 더는 일을 못 하겠다며 2년 전 계약직으로 일하던 도서관을 그만둔 아내는 도예, 퀼트, 뜨개질부터 기타, 그림, 목공까지 취미란 취미는 모두 섭렵하기 시작했다. 진득하게 하진 못했다. 한 취미가 생기면 의욕에 넘쳐 도구와 재료를 잔뜩 샀다가 다른 취미가 생기면 미련 없이 중고로 내다 팔길 반복했다. 그러고도 새로운 취미를 찾아 백화점 문화센터와 도서관 홈페이지를 매일 들락거렸다. 세 달 전엔 동네 구립 도서관에서 하는 소설 창작 워크숍에 등록했다. 노트북이 있으니 글쓰기는 돈 들어갈 일이 없을 줄 알았는데 온갖 작법서와 소설집과 강사가 쓰고 추천한 책들이 하루걸러 하나씩 집에 도착했다. 보통은 짧으면 한 달, 길어도 두 달이면 싫증을 내고 다른 취미로 갈아탔는데, 소설 쓰기는 적성에 맞는지 석 달 넘게 한 번도 빼먹지 않고 꾸준히 나갔다. 강사가 마음에 들었는지 가끔 강사에게 줄 도시락을 싸 갔고, 강사가 쓴 책을 여러 권 구매해 지인들에게 나눠 주기까지 했다. 인근 도서관에 강사의 책이 없으면 희망 도서를 신청했고, 딸이나 아들의 아이디를 빌려 인터넷 서점들에 별점과 리뷰를 남겼다. 출장 가서도 매일 30분씩 통화했지만 아내가 말하지 않아 홍식은 그런 사실을 몰랐다. 딸에게 이야기를 듣고 강사 이름을 검색해 보니 나이가 꽤 있는 여자였다. 그래서 강사의 소설이 정말 마음에 들었나 보다 생각하고 말았다. 그런데 수도권 구장에서 낮 경기를 하고 모처럼 일찍 집에 왔는데도 아내가 계속 강사가 쓴 책만 들여다보고 있자 조금 짜증이 났다.

"그게 그렇게 재밌어?"

홍식이 툴툴거리자, 미희가 돋보기안경을 벗고 머리를 좌우로 움직이며 목 근육을 풀었다.

"노안 때문에 책 읽기가 힘들어."

"그럼 그만 읽어."

"읽어도 읽어도 무슨 말인지 모르겠어."

"재미없어? 그럼 뭐 하러 읽어? 숙제도 아니고."

"읽어야 리뷰를 쓸 수 있잖아. 요즘엔 인터넷 리뷰가 좋아야 잘 팔린대. 우리 선생님 책엔 리뷰가 너무 없어. 나라도 써서 도와야지."

"마흔셋이라며? 다 큰 성인을 당신이 왜 도와?"

"우리 선생님이 정말 똑똑한데 생활력이 없어. 혼자 산다는데 글 쓴다고 밥도 제대로 안 챙겨 먹나 봐. 편의점에서 도시락을 먹고 있길래 내가 왜 그런 걸 먹냐고 하니까 맛있어서 먹는대. 아니겠지. 편의점 도시락이 맛있어봤자 얼마나 맛있겠어? 얼굴이 파리해. 몸도 빼빼 말라서 뼈밖에 없다니까. 그런데 말은 강단 있게 잘해. 목소리도 크고. 어디서 그런 에너지가 나오는지 몰라."

미희는 얼굴에 홍조를 띠고 강사에 대해 말했다. 홍식은 심통이 나 부은 다리를 보란 듯 쭉 뻗었다. 하지만 홍식의 다리를 보지 못하고 다시 책을 읽던 미희가 이내 책을 덮고 이상하다는 듯 홍식에게 물었다.

"당신, 오늘 무슨 일 있었어? 왜 밥 달라는 소리를 안 해?"

미희는 스트레스를 받으면 먹는 거로 풀었다. 반면 홍식은 감정적 문제가 해결되지 않으면 허기를 느끼지 못했다. 뭐라고 해야 할지 몰라 홍식이 머뭇거리자, 미희가 홍식 쪽으로 몸을 돌려 앉으며 장난스럽게 말했다.

"무슨 일인데? 누나한테 말해봐. 누나가 해결해 줄게."

"겨우 10개월 빨리 태어났으면서 누나는 무슨 누나야."

"예민하게 구는 거 보니까 진짜 무슨 일 있었나 보네. 자, 그럼 연상의 여인한테 어서 말해봐. 감독들이 또 뭐라고 했어?"

미희의 끈질긴 부추김에 홍식은 영상을 보여주었다. 미희는 영상을 보자마자 홍식의 다리를 살폈고, 부은 다리를 보자마자 안방으로 가 약을 가져왔다. 아내가 안쓰러워하며 다리에 약을 발라주는 동안 홍식은 자비 없고 기억력 좋은 야구팬들을 원망했다.

"오늘 얼마나 더웠는지 알아? 정신이 혼미할 정도였어. 이렇게 덥지만 않았으면 그 정도 공은 피할 수 있었어. 그 정도를 내가 못 피할까. 이 더위에 즐겁게 해주려고 우리 야구인들이 얼마나 고생하는데, 그런 건 몰라주고 맨날 욕만 해. 멱살 사건이 언제 적 일인데 또 꺼내는 거야? 잊을 만하면 영상이 돌아. 무서워서 인터넷을 못 하겠어."

홍식이 식탁에 앉아 이미 백번 정도 말한 멱살 사건의 내막을 또 이야기하는 동안 미희는 홍식이 좋아하는 돼지고기 김치

찌개를 데웠다. 매운 음식을 좋아하지만 경기가 있는 날은 음식을 가려야 해서 다음 날 경기가 없는 일요일에만 먹는 메뉴였다. 홍식은 싱크대 앞을 왔다 갔다 하는 아내에게 심판실에서 운 걸 이야기하지 않으려고 무척 애썼다. 50대 중반의 남자가, 그것도 181센티미터에 80킬로그램이 넘는 거구의 남자가 어린애처럼 엉엉 운 걸 좋게 볼 여자는 없다고 생각했다. 아무리 미희라도 한심하게 볼 거라고 생각했다. 하지만 돼지고기 김치찌개에 밥 두 공기를 먹고 나자 어쩐지 별일이 아니었던 것 같아 그냥 다 말했다. 심판실에서 눈이 부을 정도로 서럽게 운 것과 준호의 제안에 흔들리는 것과 머지않아 그라운드 밖으로 완전히 밀려날 것 같은 위기감에 대해 숨김없이.

기쁨과 즐거움엔 무디지만 긴장과 불안에는 예민하게 반응하는 미희는 자기 일처럼 괴로워하며 이야기를 듣다가 갑자기 놀렸다.

"당신 역시 울보네."

"내가 왜 울보야? 내가 언제 또 운 적 있어? 애들 태어났을 때 말고?"

"그러네. 운 적 없네. 근데 왜 내 느낌엔 당신이 자주 울었던 것 같지?"

미희가 계속 놀리듯 말했다. 홍식은 아내의 놀림이 싫지 않았다. 그건 아내가 보내는 신호였다. 놀림을 당해도 될 만큼 상황이 나쁘지 않다는 신호, 괜찮다는 신호. 정말로 괜찮아 보여서 아내가 그런 신호를 보내는 것인지, 아니면 아내의 신호 때문에 긴장과 불안이 해소되는 것인지는 헷갈렸지만, 아내의 놀림을 받자 홍식은 마음이 조금 편안해졌다.

"누나, 1절만 해."

두 사람이 처음 만난 건 동네 도서관에서였다. 홍식은 1군 경기를 한 번도 치르지 못하고 4년째 2군을 전전하고 있었다. 서울 연고 프로 구단에 2차 5라운드 외야수로 지명되어 프로에 입단할 때까지만 해도 홍식은 1군 데뷔가 이렇게 어려울 줄 몰랐다. 다리가 좀 느리긴 해도 신체 조건이나 타격이 괜찮은 편이니 성실하게 훈련하면 대타로라도 한 번쯤은 1군에 기용될 줄 알았는데, 팀에 홈런을 스무 개씩 치는 외야수가 두 명이나 있어 좀처럼 기회가 오지 않았다. 그래서 얼른 군대에 다녀왔더니 유망주들이 입단해 2군을 벗어날 기미가 더 보이지 않았다. 컨디션은 괜찮았다. 솔직히 최고였다. 야구를 시작한 이래 가장 몸이 가벼웠고 공을 보는 집중력도 좋았다. 아침에 눈뜰 때마다 이 좋은 컨디션을 2군에서 썩히는 게 아까워 발을 동동 구를 정도였다. 어떻게든 1군 경기에 나가고 싶어 홍식은 누구보다 오랫동안 성실하게 훈련했다. 하지만 그 노력을 알아봐 주는 사람이 없었다. 감독이나 코치가 자기 노력을 몰라준다고 홍식이 볼멘소리를 하자 1군과 2군을 오가던 선배가 냉정하게 말했다.

"노력은 당연한 거야. 1군에 가고 싶으면 안타나 홈런을 쳐. 도루라도 하든가."

이보다 더 노력할 순 없다는 말을 하진 못했다. 그건 2할 2푼이 자신의 최대치라는 고백이었으므로. 다음 날 홍식은 평소엔 하지 않던 도루를 하려고 무리하게 달리다가 햄스트링 부상을 당했다. 최소 두 달은 쉬어야 한다는 진단이 나왔다. 이렇게 끝날지도 모른다는 불안이 홍식을 덮쳤고, 홍식은 휘몰아치는 불안을 잊기 위해 재활하는 동안 닥치는 대로 무협지를 읽었다. 그러다가 이왕 읽는 거 양질의 책을 읽으라는 아버지의 권유를 듣고 성인이 된 후 처음으로 도서관에 갔다가 미희를 만났다. 대학생 필독서가 적힌 신문 쪼가리를 들고 종합 자료실을 서성이는 홍식을 보고 미희가 먼저 말 걸었다.

"도와드릴까요?"

홍식은 자기를 올려다보는 작은 체구의 여자 직원에게 신문에서 오려온 종이 쪼가리를 내밀었다.

"이 중에서 뭐가 재밌어요?"

여자는 종이 쪼가리를 잠깐 보더니 옆 칸으로 가서 책 한 권을 가져왔다.

"이 소설 재밌어요. 첫 문장이 강렬하고요."

홍식은 '안나 카레니나'라고 적힌 책을 받아 들고 몇 장을 들춰 보았다. 상권이었다.

"톨스토이 읽어본 적 있으세요?"

홍식이 고개를 젓자 직원이 얼굴에 홍조를 띠고 《안나 카레니나》와 톨스토이, 그리고 러시아 문학에 관해 설명했다. 홍식은 집에 도착하자마자 빌려 온 책을 읽었다. 가정교사와 바람난 남자의 이야기로 시작하는 도입부가 흥미를 끌었다. 하지만 직원이 경고한 대로 길고 복잡한 이름 때문에 읽기가 쉽지는 않았다. 홍식은 뒷이야기가 궁금해서가 아니라 홍조를 띠던 작은 여자에게 말 붙일 구실을 만들기 위해 꾸역꾸역 책장을 넘겼다. 며칠 뒤 다 읽은 책을 들고 도서관에 갔는데 작은 여자가 보이지 않았다.

쉬는 날인가?

약속한 것도 아니면서 바람이라도 맞은 양 서운한 얼굴로 책상 사이를 오가는데 삭은 여자가 나타났다. 《안나 카레니나》 하권을 손에 들고서. 책 이야기를 하지 않는데도 얼굴에 홍조를 띠고서. 홍식은 그 상황이 어쩐지 부끄러워 아무 말도 못 하고 책만 빌려서 집으로 왔다. 그리고 《안나 카레니나》 하권을 제대로 읽지도 않고 훌렁훌렁 넘긴 후, 다음 날 재활 훈련을 마치자마자 도서관으로 갔다. 작은 여자가 다른 직원과 함께 데스크에 앉아 있었다. 홍식이 책을 내밀자 작은 여자가 아니라 다른 직원이 의미심장하게 웃으며 책을 받아 반납 처리를 했다. 홍식은 책장 사이로 들어가 빽빽이 꽂힌 책등을 하염없이 봤다. 꽤 오랜 기다림 끝에 작은 여자가 등장했다. 홍식은 지갑에서 다시 신문 쪼가리를 꺼내 작은 여자에게 내밀며 이번엔 좀 더 쉬운 책으로 추천해 달라고 했다. 그러자 작은 여자가 작게 웃었다.

"그게 제일 쉬울 거예요. 다른 책은 저도 읽다가 어려워서 포기했어요."

작은 여자는 그렇게 말한 후 잠깐만 기다리라고 하더니 어딘가로 가서 손바닥보다 조금 큰 《셜록 홈스 시리즈》를 들고 왔다. 1권이었다.

"이거 읽으셨어요? 도서관 소장 자료는 아니고 제 책인데 정말 재밌어요. 원하시면 빌려드릴게요."

동생들이 재밌다고 해서 이미 읽은 시리즈였다. 하지만 홍식은 읽지 않은 척했다. 작은 여자가 권하는 건 그게 뭐든 응하고 싶었다. 긴 시리즈이니 작은 여자를 만나러 올 좋은 핑계가 될 거란 생각도 했다. 그렇게 몇 번 더 도서관을 방문해 작은 여자에게 《셜록 홈스》를 빌리고 반납하다가 재활 훈련이 끝나고 2군에 복귀할 무렵에야 겨우 데이트 신청을 했다. 미희는 단번에 응했다. 나중에 들어보니 덩치가 자기 두 배만 한 남자가 종이 쪼가리를 수줍게 내밀 때부터 마음을 뺏겨 일부러 자기 책을 빌려준 거라고 했다. 야구 선수, 그것도 2군 선수라고 밝혔을 때도 미희는 개의치 않았다. 몸이 저렇게 건장한데 뭘 해도 하겠지, 굶어 죽기야 하겠어, 그런 생각이었다고 했다.

미희와 만나면서 홍식은 훈련 한계치를 경신했다. 안타를 치기 위해, 홈런을 치기 위해, 눈에 띄는 선수가 되기 위해 더 노력했다. 그러다 같은 해에 입단한 외야수 동기가 콜업되어 1군에 올라갔던 날, 컨디션이 여전히 좋았던 그날 홍식은 인정했다. 자신의 최고치는 여기까지라고. 성실함과 노력으로 이룰 수 있는 건 프로 입단까지였다고. 자신에겐 성장할 여지가 남아 있지 않다고. 그렇게 느끼는 건 홍식만이 아니었는지 코치들이 홍식에게 말 거는 횟수가 점점 줄었다. 이렇게 해보라거나 저렇게 해보라는 말 따위를 하지 않았다. 그저 지켜보다가 돌아섰다.

홍식은 그럴 때마다 엄습하는 절망을 미희에게 샅샅이 고백했다. 미희는 반복되는 고백을 시켜워하시 않았다. 남자 진구의 하소연이 사랑 고백이라도 되는 양 기꺼이 들었다. 홍식이 아무

투정도 하지 않는 날엔 은근히 약한 구석을 찔러 하소연을 유도하기도 했다. 그래서 홍식이 속절없이 무너지면 그때부터 홍식이 얼마나 좋은 사람인지, 얼마나 큰 잠재력을 가졌는지를 말하며 홍식을 응원했다. 말로만 응원하는 게 아니었다. 분위기 좋은 레스토랑보다는 몸에 좋은 보양식을 파는 식당에서 데이트하자고 했고, 멘털 관리에 도움될 만한 책을 매주 한 권씩 엄선해 편지와 함께 주었다. 또 당시엔 접하기 어려웠던 메이저리그 기사를 스크랩해 번역까지 해주었다. 그 스크랩북은 코치들도 빌려 읽을 정도로 인기였다.

"너는 분명 잘될 거야."

확신에 찬 미희의 응원을 들으면 홍식은 뭐든 할 수 있을 것 같았다. 1군 데뷔, 붙박이 주전, 20홈런, 골든글러브…. 결혼부터 하게 될 줄은 몰랐다.

두 사람이 만난 지 1년 정도 되었을 때 미희가 임신했다. 얌전한 줄 알았던 첫째 딸이 결혼도 하기 전에 임신했다는 소식을 들은 미희의 모친은 까무러쳤다. 길어지는 2군 생활을 걱정하던 홍식의 부모는 안정적인 결혼 생활이 성적 향상으로 이어질까 기대하며 미희의 임신을 반겼다. 홍식은 자리 잡지 못한 상태에서 아빠가 되는 게 두려웠지만 미희와 평생을 약속하는 건 좋았다.

결혼하고 예비 아빠가 되자 코치들이 다시 홍식을 눈여겨보기 시작했다. 분윳값이라도 벌어야 하지 않겠냐며 조금만 더 버텨보라는 격려의 말도 다시 하기 시작했고, 홍식이 2군 경기에서 안타라도 치는 날엔 1군 코치에게 넌지시 홍식을 추천하기도 했다. 집에서의 대우도 달라졌다. 프로 입단과 동시에 금전적인 지원은 더 이상 없다고 선언했던 홍식의 아버지는 홍식이 결혼한다고 하자 선뜻 전셋집을 구해주었다. 홍식의 어머니는 홍식 몰래 미희에게 매달 생활비를 보내주었다. 배가 나온 미희와 함께 집에 가면 아버지가 자기에게 할 말을 신중하게 고른다는 점이 홍식에겐 가장 크게 느껴지는 변화였다. 어머니 역시 잔소리를 삼가려고 애썼고, 두 여동생도 미희와 함께 있을 땐 라면을 끓여달라거나 아이스크림을 사달라는 등의 자잘한 부탁을 하지 않았다. 그럴 때마다 홍식은 자기도 모르는 사이에 한 계단 올라선 기분이 들었다. 내 힘으로 올라갔다기보다는 갑자기 추켜올려진 느낌이었지만 싫진 않았다.

이런 게 결혼인가?

미희에게 이런 감정을 이야기하자 미희는 세 계단 내려간 것 같은 기분이 든다고 했다. 결혼하기 전까지만 해도 어딜 가나 기대 어린 눈길을 받았던 것 같은데, 임신을 공표한 순간부터 네 인생 뻔하다는 눈길만 받는 것 같아 당혹스럽다고 했다. 그렇다고 결혼을 후회하는 건 아니라고 했다. 뱃속에서 자라는 생명 덕분에 잘 살고 싶은 의욕이 넘친다고 했다. 엄마가 행복해야 아이가 건강하게 태어난다면서 지극정성으로 자기 몸과 마음을 돌봤다. 그렇다면 아빠가 될 홍식이 해야 할 일은 뭘까? 결론은 늘 하나였다. 1군 데뷔.

홍식은 꽉 안으면 우두둑 부서질 것 같은 아기가 태어난 후에도 1군에 등록되지 못했다. 홈런을 뻥뻥 때리는 외야수 선배들이 건재했고, 입단하자마자 독보적인 타격을 보였던 신인 외야수가 수비까지 잘하기 시작했다. 빠른 발로 작전 야구가 가능해 가끔 1군에 올라가는 동기 외야수도 그대로 있었다. 코치들은 이제 홍식에게 버텨보라는 말 대신 운이 좋지 않다는 말을 자주 했다.

올해가 마지막이라는 생각으로 몸이 부서져라 훈련하던 어느 날, 2군 감독이 홍식을 불렀다. 6년 동안 감독이 따로 부른 건 처음이라 홍식은 내심 기대하며 감독실에 들어갔다가 딱딱한 감독의 표정을 보고 덩달아 굳은 얼굴로 감독 앞에 앉았다.

"심판은 어때?"

감독이 다짜고짜 물었다. 홍식이 의아해하자 심판 위원장이 심판 할 만한 선수를 추천해 달라고 해서 홍식을 추천하려는 참이라고 말했다.

"공 보는 눈은 좋으니까 심판이 더 잘 맞을지도 몰라. 애도 태어났다며?"

"네, 이제 백일 지났어요."

"이름이 뭐야?"

"아솔이요."

"그래. 아솔이 아빠. 내가 추천한다고 심판이 되는 건 아니지만 너 정도로 성실하면 시험 통과는 문제도 아닐 거야. 내가 심판 위원장이랑 친해. 잘 말해둘게."

홍식은 한참 동안 고개를 숙이고 있었다.

"감독님, 저는 그래도 조금만 더 해보고 싶은데요."

홍식이 고개를 들고 어렵게 말하자, 감독이 냉정하게 말했다.

"구단에서 방출 명단 작성하고 있어. 네가 먼저 그만두는 게 아내한테도 면이 서지 않겠어?"

이번 방출자 명단에 홍식이 들어간다는 예고였다. 고민해 보겠다고 했지만 선택의 여지는 없었다. 방출되면 최소한의 연봉조차 받을 수 없게 된다. 아솔이를 낳으면서 미희도 도서관을 그만뒀기 때문에 어떻게든 돈을 벌어야 했다. 이제는 아내가 된 작은 여자에게 사정을 말하니 나쁘지 않다는 반응을 보였다.

"그것도 전문직이잖아."

전문직? 연봉이 적고 직무가 고되지만 아무나 할 수 없는, 자격이 필요한 전문직이긴 했다. 크게 잘못하지만 않는다면 정년까지 할 수 있는 안정적인 일자리이기도 했다. 방출된 선수들은 야구 외에 달리 할 줄 아는 게 없어 자영업이나 육체노동을 많이 했다. 아마추어 리그에서 지도자를 하는 사람도 있었지만, 그것도 자리가 많지 않아 어느 정도 이름 있는 선수에게나 기회가 갔다. 입에 풀칠이라도 해야지. 결정하는 데 오랜 시간이 걸리진 않았다.

  홍식은 시즌 막바지에 구단 사람들에게 작별 인사를 했다. 평생 해온 야구를 그만둔다는 감상에 잠길 틈은 없었다. 심판 시험을 통과해야 한다는 압박과 새로운 일을 시작한다는 긴장으로 하루하루가 다급하게 흘렀다. 익숙한 2군 경기장에서 심판복을 입고 뛸 때도 선수 생활에 대한 아쉬움보다는 적성에 맞는 일을 택했다는 안도감을 더 자주 느꼈다. 미련이 남았단 걸 알게 된 건 4년간의 2군 심판 생활을 마치고 1군 경기에 주심으로 데뷔한 날이었다. 2군에선 한 번도 그런 적 없었는데 관중이 꽉 찬 1군 경기장에 나가자 진짜 무대에 섰다는 감흥에 압도되어 호흡이 가빠졌다. 타자가 휘두르는 방망이는 날을 벼린 칼처럼 느껴졌고, 투수가 던지는 야구공은 생명을 위협하는 총알 같았다. 홍식은 떨리는 마음으로 그라운드를 돌아다니며 각종 시설물과 라인, 장비, 투수판과 로진, 홈 플레이트 같은 걸 점검하고 주머니에 예비 공을 챙겼다. 경기장 곳곳에 서 있는 심판들과 야수들, 투수와 포수까지 눈으로 살핀 뒤 떨리는 목소리로 경기 시작을 알렸다.

"플레이 볼."

1번 타자가 타석에 들어오면서 홍식에게 살짝 고개를 숙였다. 같은 팀에서 경기를 뛴 적은 없지만 홍식이 신인 드래프트에 뽑혔을 때부터 1번 타자 자리를 고수하고 있는 베테랑 선배였다. 리그에서 가장 뛰어난 외야수이기도 했다. 동경하던 선배의 깍듯한 인사에 홍식은 마스크를 벗으려고 손을 올렸다가 주심인 걸 자각하고는 가볍게 묵례만 했다. 그리고 쿵쾅거리는 심장을 진정시키려 길게 숨을 뱉은 후 포수 뒤에서 몸을 낮췄다.

투수가 던진 첫 번째 공이 정중앙으로 날아왔다. 홍식은 오른팔을 들며 자신 있게 스트라이크를 외쳤다. 타자가 타석에서 오른발을 빼더니 인정한다는 듯 고개를 끄덕였다. 두 번째, 세 번째 공은 모두 확연한 볼이어서 홍식은 볼이라고 말한 뒤 별다른 제스처 없이 가만히 서 있었다. 그리고 긴장을 풀기 위해 다시 한번 길게 숨을 뱉은 후 몸을 낮추고 네 번째 공을 기다렸다. 마운드에 선 투수가 공을 던졌다. 쭉 밀려오던 공이 홈 플레이트를 지나기 전에 아래로 살짝 떨어졌다. 볼이었다. 홍식도 분명 생각은 그렇게 했다. 하지만 너무 긴장한 탓인지 머리로는 볼이라고 판단했으면서 입으로는 엉뚱한 걸 외쳤다.

"스트라이크."

판정을 들은 타자가 인상을 팍 쓰며 홍식을 노려보았다. 홍식은 심장이 덜컹 내려앉았다. 큰일 났다. 홍식은 자신의 실수를 인정했다. 속으로는 백 번이고 천 번이고 인정할 수 있었다. 하지만 주심을 맡은 첫날, 첫 타자부터 공 판정을 번복할 순 없었다. 그랬다간 남은 경기와 앞으로의 심판 생활이 엉망이 될 것 같았다. 그래서 왜 노려보는지 모르겠다는 표정으로 타자를 마주 보았다. 뻔뻔하고 당당하게. 그러자 한때는 선배였던 타자가 기가 차다는 듯 웃었다. 그리고 놀랍게도, 그게 끝이었다. 타자는 그 외엔 별다른 항의를 하지 않고 다시 투수를 향해 타격 자세를 취했다. 안도의 숨을 내쉬며 다시 몸을 낮추는 순간, 홍식은 자기가 어떤 사람이 되었는지 깨달았다. 심판은 단순한 전문직이 아니었다. 투수가 평생을 바쳐 연마한 공을 판정하는 사람, 선수들이 항의할 수 없는 결정을 내리는 사람, 선수와 감독을 퇴장시킬 수 있는 권한을 가진 사람, 상황에 따라 경기를 중단시킬 수 있고 재개할 수도 있는 사람, 그래서 경기의 승패를 좌우할 수도 있는 사람이었다. 홍식은 그런 사람이 되었다는 게 전혀 기쁘지 않았다. 과도한 무게였다.

내가 원한 건 타석이었는데 어쩌다가 이렇게 어마어마한 일을 하게 된 거지?

2군에서 공을 볼 땐 선수들이 피해 입지 않도록 잘 판정해야 한다는 생각에 부담스럽긴 했어도 두렵지는 않았다. 야구를 하고 있다는 생각이 들지도 않았다. 먹고살기 위해 돈벌이를 하고 있단 생각이 강했다. 그런데 선수로는 한 번도 서지 못했던 1군 경기장에 주심으로 서게 되자, 베테랑 선수도 꼼짝할 수 없는 말을 뱉는 사람이 되어 2만 명이 넘는 사람들이 지켜보는 경기를 관장하게 되자, 멋모르고 시작한 일의 무게가 체감되면서 두려워졌다. 스트라이크를 외치며 들어 올린 오른팔이 덜덜 떨렸다. 돈벌이로만 생각하기엔 심판 직무는 너무 야구였다. 홍식이 거의 평생을 바친, 가장 많은 희열을 느낀….

왜 야구를 그만뒀다고 생각한 거지?

홍식은 생일 선물로 받은 야구 글러브를 끼고 잤던 날이 떠올랐다. 첫 홈런을 치고 너무 놀라 2루 베이스에 걸려 넘어졌던 날도 떠올랐고, 중학야구 결승전에서 지고 분해서 단체로 울던 날도 떠올랐다. 프로가 되기 전까지 홍식의 기억은 온통 야구뿐이었다. 프로가 된 후에도 온통 야구뿐이었다. 야구에게 버림받아 심판이 되었다고 생각했는데, 아니었다. 여전히 야구를 하고 있었다. 여전히 그라운드에 있었다.

자신이 하고 있는 일의 무게를 자각한 홍식은 그 어느 때보다 집중해 다른 실수 없이 1군 주심 데뷔 경기를 무사히 마쳤다. 그

후로 꾸준히 1군 경기에 나갔지만 부담이 줄진 않았다. 공 판정을 할 때마다 매번 식은땀을 흘렸다. 자신의 역량을 넘어서는 일을 하고 있다는 두려움에 짓눌리지 않으려고 홍식은 부단히 노력했다. 주심을 맡은 날은 영상을 보며 자신이 내린 모든 판정을 복기했고, 매일 하던 팔굽혀펴기와 스쿼트을 두 세트 더 늘렸고, 아침마다 책 한 권 분량의 야구규칙서를 꼼꼼히 읽었다. 야구는 변수가 많고 규칙이 복잡한 스포츠이다 보니 선례가 없는 상황이 종종 발생한다. 그럴 때 규칙에 근거해 정확한 판정을 내리기 위해, 어리둥절해하는 선수나 관중에게 명확하게 설명하기 위해, 무엇보다 두려움을 가라앉히기 위해 홍식은 신자가 경전을 읽듯 야구규칙서를 읽었다. 중요한 조항은 통째 외웠다. 암기하는 항목이 많아질수록 발 디딜 곳도 많아졌다. 자격 없음이 탄로날지 모른다는 불안도 조금씩 잠재워졌다.

홍식이 가장 좋아한 규칙은 제1조 1항이었다.

1.00 경기의 목적

1.01 야구는 펜스로 둘러싸인 경기장에서 감독이 지휘하는 아홉 명의 선수로 구성된 두 팀이 한 명 이상의 심판원의 주재 아래 이 규칙에 따라 치르는 경기이다(지명타자 제도를 채택한 경우 열 명이 된다).

이 항목에 나오는 정의에 따르면 심판은 야구 바깥에서 야구를 지원하는 존재가 아니라 야구 경기에 필수 불가결인 핵심 존재다. 심판 없이는 야구가 성립되지 않는다. 홍식은 한때는 선배였던 선수들이 어린 심판을 얕잡아볼 때마다 속으로 제1조, 1항을 되뇌었다. 한때는 선배였던 감독들이 윽박지를 때도 이 조항을 되뇌었다. 그러면 가슴이 움츠러들지 않았다. 어떤 항의에도 당당할 수 있었다. 관중의 응원 소리에 익숙해지고 한때는 선배였던 사람들이 모두 은퇴한 지금도 홍식은 아침마다 야구규칙서를 읽었다. 이제는 두려움을 잊으려고 읽는 게 아니었다. 자신이 맡은 일에 대한 경각심을 잃지 않기 위한 노력이었다.

홍식은 침대에 누워 오늘 있었던 일을 떠올려 보았다. 저녁을 먹으며 아내에게 이야기할 땐 아무렇지 않았는데, 어두컴컴한 방에서 상황을 복기하자 다시 마음에 작은 소용돌이가 일었다. 언젠가 그라운드에서 밀려날 것 같은 두려움도 스멀스멀. 아내는 스탠드를 켜고 침대 헤드에 기대 책을 읽고 있었다.

"당신 ABS랑 대결하는 거 어떻게 생각한다고 했었지?"

홍식은 아내가 말도 안 되는 대결이라고 했던 걸 기억하면서 모르는 척 물었다.

"왜? 정말 하려고?"

미희가 책에서 눈을 떼지 않고 말했다.

"아니."

"그런데 왜 물어?"

"그냥, 갑자기 생각나서."

"상금이 1억 정도면 도전할 만하다고 했던 것 같은데? 그거 상금이 얼마라고 했지?"

"500만 원."

"뭐? 그거밖에 안 줘?"

미희가 어이없다는 표정으로 홍식을 쳐다봤다.

"말도 안 되지?"

홍식은 확신 없는 목소리로 동의를 구했다. 미희는 말할 필요도 없다는 듯 입꼬리에 힘을 주고 고개를 세차게 흔들었다.

"말도 안 되지?"

홍식이 아무것도 보지 못했다는 듯 또 묻자, 미희가 책을 쥐지 않은 오른손으로 남편의 머리를 쓰다듬으며 말했다.

"그럼, 말도 안 되지. 우리 집 가장의 명예를 겨우 500에 넘길 순 없지."

아내가 자신의 명예를 소중히 여기자 홍식도 자신의 명예가 다시 소중해졌다.

그래. 겨우 500에 모험을 할 순 없어.

홍식은 책 읽는 아내의 작은 몸을 팔과 다리로 감싸며 베란다에 있는 몬스테라를 생각했다. 코코넛 수태봉을 타고 아내의 키 높이까지 자란 덩굴식물, 수태봉이 없었으면 위로 자라지 못하고 바닥을 헤맸을 몬스테라에 홍식은 동질감을 느꼈다. 그렇다고 아내를 수태봉이라고 생각하는 건 아니었다. 아내는 수태봉보다는 능동적인 사람이었다. 바닥을 헤매는 사람을 그냥 지나치지 못해 간섭하고 일으켜 주고 가끔은 기대게도 하는 여자. 본인은 그게 다 장녀 콤플렉스 때문이라고 했지만, 홍식이 보기에 아내는 그냥 천성이 헌신적인 사람이었다. 타인의 성장을 돕는 것에서 진정한 기쁨을 느끼는 사람. 딸이 대학을 졸업하고 제 앞가림을 시작할 때부터 갱년기를 앞세운 아내의 방황이 시작된 것도 다 그런 성정 때문이라고 생각했다. 돌볼 게 없는 삶. 어떤 사람들은 그걸 견디지 못하고, 어떤 사람들은 수태봉 없는 삶을 견디지 못한다. 홍식이 견디지 못하는 건….

홍식은 작은 여자에 매달린 채 서서히 잠들었다.

4

"아버님, 어제 공 맞은 거 괜찮으세요?"

다음 날 홍식의 생일을 맞아 모인 저녁 식사 자리에서 사위 찬결이 홍식에게 물었다.

"괜찮아. 늘 있는 일인데 뭐."

홍식은 그렇게 대답하고 아내를 살폈다. 아내는 사위가 밥 먹는 동안 막 돌이 지난 손주를 품에 안고 거실을 서성이고 있었다. 식탁 대화엔 관심 없는 듯했다.

"아빠가 어제 주심이었어?"

퇴근하고 바로 와서 정장 차림인 딸 아솔이 미역국을 먹으며 물었다.

"내가 어제 말했잖아. 아버님 2루에 계시다가 타구에 맞으셨다고."

"아, 맞다. 2루심이었다고 했지. 난 공 맞았다고 해서 주심 본 줄 알았어."

둘은 야구팬 모임에서 만나 3년 넘게 연애하다가 20대를 넘기지 않고 결혼했다. 사위는 자동차 회사에서 계약직으로 영업을 했었는데, IT 기업에서 그래픽 디자이너로 일하는 아솔이 출산 후 육아로 힘들어하자 회사를 그만두고 1년 가까이 전업주부로 지내고 있다. 하루 종일 애를 보다가 아솔이 퇴근하면 맥주를 마시며 야구를 보는 게 사위의 낙이었다. 어제는 두 사람이 응원하는 서울 연고 팀의 경기라 사위가 홍식이 공 맞는 장면을 본 것이었다.

"경기 끝나고 시끌시끌하던데…."

사위가 말끝을 흐리며 홍식을 쳐다봤다. 다친 걸 걱정한 게 아니라 사람들의 비난을 걱정한 모양이었다. 괜찮다고 홍식이 말하려는데 아들 아진이 먼저 말했다.

"아버지 욕하는 사람 중에 그 공 피할 수 있는 사람 아무도 없을걸? 그런 공을 어떻게 피해?"

"젊은 애들은 피했을 거야. 나이 들면서 점점 반사 신경이 널어지네."

사위가 걱정해 주고 아들이 편들어주자 홍식은 인정하고 싶지 않았던 사실을 인정했다.

"아빠, 생일 선물로 필요한 거 있어? 시즌 끝나면 엄마랑 일본 여행 갈래? 가서 한 일주일 정도 온천욕하면서 쉬고 오는 거 어때?"

아솔의 말을 듣고 미희가 주방으로 왔다.

"애가 이렇게 어린데 여행은 무슨 여행이야."

미희가 품에 안은 손주를 보며 말했다.

"민재는 찬결 씨가 보는데 엄마가 왜?"

"갑자기 아프기라도 하면 어떡해. 너 회사 가고 없으면 나라도 가서 도와야지. 혼자서는 힘들어. 너도 주말엔 고 서방 쉬게 육아 좀 많이 도와줘."

"엄마, 고 서방 토요일마다 야구장 가서 신나게 놀아. 나야말로 애 보느라 주말에도 쉬지도 못하고 고생이야."

"고 서방도 바깥바람 좀 쐐야지. 남자가 어떻게 집에만 있어?"

미희는 딸을 살짝 흘겨본 후 손주에게 말했다.

"민재야, 너도 그렇지? 아빠랑은 자주 노니까 주말엔 엄마랑 있는 게 좋지?"

아솔은 뾰로통해졌고, 찬결은 싱글벙글했다.

"엄만 맨날 저래. 아빠, 아빠는 아직 내 아빠지? 고 서방 아빠 아니지?"

아솔이 심통 난 척하며 남편과 홍식을 번갈아 봤다. 홍식은 그런 딸이 귀여워 빙긋 웃었다. 그러자 아솔이 옆에 앉은 홍식의 팔을 잡아당기며 남편에게 말했다.

"아빠는 내 거니까 뺏어 가지 마."

찬결이 전업주부 생활을 시작한 후로 미희는 매사 사위 편을 들었다. 일 욕심 많은 딸 때문에 사위가 육아를 떠맡은 걸 항상 미안해했다. 사위가 부탁하면 집에서 한 시간 거리에 있는 딸 집까지 한걸음에 갔고, 아들 생일은 안 챙겨도 사위 생일은 꼭 챙겼다. 사위가 좋아서가 아니라 딸을 위해 그런다는 걸 모두 알고 있었다. 찬결도 알고 있었다. 그런데도 찬결은 아솔과 싸우면 꼭 장모에게 미주알고주알 보고해 아솔의 원성을 들었다.

"엄마, 찬결 씨한테 미안해할 필요 없어. 나는 민재 비위 맞추는 것보다 상사 비위 맞추는 게 쉽고, 찬결 씨는 상사 비위 맞추는 것보다 민재 비위 맞추는 게 쉽다고 해서 찬결 씨가 그만둔 거야."

홍식이 보기에도 사위는 육아가 잘 맞는 사람 같았다. 아이가 울어도 당황하지 않았고, 아이가 아프나고 자책하는 일도 없었다. 전적으로 아이를 책임지는 것에 자부심을 느끼는 것 같기도 했다.

"그래, 남자 여자가 무슨 상관이야. 맞는 사람이 하면 되지."

홍식이 그렇게 말하자 이번엔 아솔이 빙긋 웃었다.

"역시, 우리 아빠가 최고야."

사춘기 때 몇 번 틀어진 적 있었지만, 아솔과 홍식은 늘 사이가 좋았다. 홍식이 유난히 딸을 예뻐한 덕분이었다. 홍식은 딸이 한 결정이라면 그게 뭐든 존중했다. 아내가 원하던 사범대 대신 디자인과를 간 것이나 몸에 딱 붙는 옷을 좋아하는 것, 웅얼대는 랩을 즐겨 듣고, 화나면 방문을 걸어 잠그는 것까지도 존중했다. 동글동글한 얼굴이나 마음먹은 건 꼭 해내는 성격 모두 아내를 닮았으니 결국은 아내처럼 현명한 사람이 될 거라 철석같이 믿었다. 반면 자기를 닮아 키와 덩치가 큰 아들이 한 결정은 그게 뭐든 의심부터 했다. 졸업을 미루고 언론고시 스터디를 시작한 것도 미덥지 않았다. 바늘구멍보다 통과하기 어렵다는 방송국 입사 시험을 준비만 하다 시간을 허비하게 될까 봐 걱정했다. 당장 일할 수 있는 적당한 회사에 들어가는 게 낫지 않겠냐고 여러 번 말했지만, 책과 영화를 좋아하는 아들은 나중엔 어쩔 수 없이 그런 곳에 간다 해도 지금은 꿈꾸는 일에 도전해 봐야 후회 없을 것 같다며 고집을 부렸다. 2군 생활이 길어지자 은행을 다니던 아버지가 이제 야구를 그만하는 게 어떻겠냐고 물었을 때 한 번은 1군 경기를 뛰어봐야 후회가 없을 것 같다고 답했던 걸 상기하며 홍식은 고개를 저었다.

그런 것까지 날 닮았네.

서른도 안 된 아솔이 별로 내세울 것 없어 보이는 남자를 데려와 결혼하겠다고 했을 땐 일찍 결혼하는 것에 우려를 표하기긴 했으나 남자의 조건을 따지며 반대하진 않았다. 아솔이 찬결에게 푹 빠진 게 보였기 때문이었다. 찬결이 집이나 번듯한 직장이 있는 건 아니었지만, 아솔이 무슨 말을 해도 말이 채 끝나기 전에 고개를 끄덕이는 걸 보고, 어렵게 들어간 회사에서 딱 10년만 버틴 후 자기 사업을 하고 싶어 하는 아솔에겐 좋은 짝이 되리라 짐작했다. 사위가 회사를 그만두고 육아에 전념하기로 했다는 소식을 들었을 땐 자신의 사람 보는 눈이 틀리지 않았단 것과 딸의 직장 생활이 좀 더 수월해지리란 생각에 내심 기뻤다.

아솔은 다정한 남자를 아빠로 둔 탓에 나쁜 남자에게는 조금도 끌리지 않는다는 말을 종종 했다. 아빠 덕분에 찬결 같은 남자를 집사람으로 얻을 수 있었다는 말도 종종. 그럴 때마다 아내는 남편에게 집사람이 뭐냐고 하면서 눈을 흘겼지만, 찬결은 그 표현이 싫지 않은지 집에서 살림하고 육아하니까 자기가 집사람이 맞다며 사랑스럽게 수부습진을 보여주었다. 그런데도 미희는 항상 사위의 눈치를 봤다.

식사를 마친 후 다 같이 거실에 둘러앉아 딸기가 층층이 쌓인 생크림 케이크와 아솔이 중국 출장을 갔다가 사 온 보이차를 마셨다. 케이크를 좋아하는 아내를 위해 이번엔 홍식이 손주를 맡았다. 네 사람이 요리 대결 프로그램을 보며 자신의 생일 케이크를 먹는 동안 홍식은 손주의 시선을 사로잡으려고 입으로 온갖 소리를 냈다. 민재가 마침내 할아버지를 보며 방긋 웃었을 때 아솔이 그제야 생각났다는 듯 말했다.

"참, 아빠, 나 작은고모한테 들었는데 아빠 어릴 때 별명이 홍시였다며?"

홍식은 못 들은 체하며 손주를 향해 소리 나는 장난감을 흔들었다.

"아버님 성함이 홍식이라서 홍시라고 불렀나 보네. 어릴 땐 왜 다 그렇게 이름으로 놀렸는지 몰라."

"초딩 때는 다 그렇지."

사위와 아들의 대꾸에 홍식도 마지못해 한마디 했다.

"그랬나? 기억이 잘 안 나네."

그러자 아솔이 건수 잡았다는 듯 신나게 말했다.

"에이, 아빠, 기억 안 나는 척하는 거지? 어떻게 자기 별명을 까먹어? 아빠 별명이 홍시였던 거 엄마는 알고 있었어?"

"나는 알고 있었지."

"자기야, 아빠 별명이 왜 홍시인 줄 알아?"

"왜?"

"이름 때문에 홍시가 아니라 툭하면 터져서 홍시였대."

아솔이 깔깔 웃었고, 찬결도 따라 웃었다.

"터지다니 뭐가?"

아진이 물었다.

"아빠가 어릴 때 삼 남매 중 첫째고 유일한 남자였는데도 무서워서 혼자 못 잤대. 중학교 들어갈 때까지 할머니 가슴 만지면서 잤다고 하던데, 아빠 정말이야?"

홍식은 대답하지 않고 손주와 까꿍 놀이를 계속했다.

"동네 애들이 놀리기만 하면 얼굴이 빨개지면서 울었대. 그래서 홍시였대. 툭하면 터지는 홍시."

"아버님이? 전혀 그러셨을 것 같지 않은데? 어릴 때부터 키도 크고 몸도 좋으셨잖아. 그럼 애들이 잘 못 놀리는데?"

"그러니까 더 웃긴 거지. 덩치는 제일 큰 애가 툭하면 터져서 우니까. 작은고모 말로는 동네에서 싸움을 제일 못했대. 그래서 할아버지가 학교에 야구부가 생기자마자 집어넣은 거래. 맞아요? 박홍시 씨? 왜 대답이 없죠? 어? 아빠 얼굴 좀 빨개진 것 같은데?"

홍시라는 별명은 홍식이 국민학교를 졸업할 때까지 따라다

녔다. 누구도 무시할 수 없는 야구부 에이스가 된 후로 놀림받는 횟수가 줄긴 했지만, 한번 홍시는 영원한 홍시였다. 야구로 유명한 다른 동네 중학교로 진학한 후에야 홍식은 홍시라는 별명에서 벗어날 수 있었다. 20대까지만 해도 홍시라는 단어를 들으면 움찔했다. 시간이 많이 지나 이제는 홍시를 먹을 때에도 괴로웠던 그 시절, 틈만 나면 놀리던 동네 아이들과 울 때마다 매를 들던 아버지, 자기들 부탁을 안 들어주면 아버지에게 달려가 오빠가 울었다고 거짓말하던 여동생들, 그게 억울해서 울음을 터뜨리면 또 매를 들고 나타나던 아버지를 떠올리지 않을 수 있었다.

지들이 뭐 잘한 게 있다고 아솔이한테 그런 얘기를 해?

홍식이 속으로 여동생을 원망하고 있을 때 아솔이 엉덩이를 들고 엉거주춤 일어나 소파에 앉아 있는 홍식의 볼을 손가락으로 쿡 찔렀다.

"아빠, 이러면 터져?"

"뭐 하는 거야?"

홍식은 딸의 손가락을 신경질적으로 쳐내며 소리 질렀다. 고함에 놀란 아솔이 바닥에 주저앉았고, 민재가 놀라 울음을 터뜨렸다. 미희가 재빨리 우는 손주를 안으며 남편에게 말했다.

"당신, 왜 그래?"

"버릇없이 뭐 하는 짓이야?"

홍식은 손으로 볼을 쓸어내리며 딸에게 짜증 낸 후 미간을 잔뜩 찌푸리며 안방으로 들어갔다.

"갑자기 왜 저래?"

아솔은 자기가 무슨 못 할 짓을 했냐며 황당해했다.

"제가 웃어서 기분 나쁘셨을까요?"

찬결은 장모에게 아들을 받아 안으며 걱정했다.

"아니야. 그런 게 아니라 피곤해서 그러신 걸 거야. 너무 걱정하지 마. 아솔이 너도 좀 심했어. 고 서방도 있는데 볼을 찌르니까 아빠 기분이 상하실 수도 있지."

"고 서방 앞에서 이런 게 한두 번도 아니잖아."

아솔이 볼멘소리를 냈다.

"그래도 아빠가 기분 상하셨으니까 잘못했다고 말씀드리고 오늘은 이만 집에 가."

아솔은 아무리 생각해도 뭘 잘못했는지 모르겠다며 팔짱을 끼고 소파에 가만히 앉아 있었다. 옆에 있던 아진도 고개를 갸웃거렸다.

"아버지 진짜로 화났나 봐. 매형 앞에서 화낸 건 처음인 것 같은데?"

거실에 잠깐 침묵이 흘렀다. 이상한 기운을 느꼈는지 빈재가 다시 울음을 터뜨렸고, 찬결이 급하게 분유를 탔다. 심각한 표정으로 민재에게 분유를 먹이던 아솔이 남편에게 아들을 건네고 안방 문을 두드렸다. 응답이 없자 그냥 문을 열고 들어갔다.

"아빠, 미안해. 내가 장난이 심했어."

침대에 앉아 책을 읽고 있던 홍식은 딸의 사과를 듣고도 고개를 들지 않았다. 말없이 책장만 넘겼다. 계속된 침묵에 아솔의 얼굴이 점점 일그러졌다. 책장이 또 한 번 넘어가자 아솔이 안방 문을 쾅 닫고 나갔다.

"엄마, 우리 갈게."

아솔이 그렁그렁한 눈으로 민재를 안고 현관을 나섰다. 찬결이 허겁지겁 짐을 챙겨 따라갔고, 아진도 스터디 카페에 가서 공부하겠다며 가방을 들고 나갔다. 미희는 남은 케이크를 밀폐용기에 넣고, 생크림이 묻은 상자를 씻어 재활용 쓰레기통에 넣고, 접시와 컵을 설거지한 후 안방으로 들어갔다. 홍식은 아솔이 문을 열었을 때와 똑같은 자세로 책을 읽고 있었다. 미희가 화장실에서 양치하고 나왔을 땐 책을 배 위에 올려놓고 서랍장 위에 있는 가족사진을 응시하고 있었다. 심판 모자를 쓰고 브이를 그린 아솔과 미희 품에 안겨 잠든 아진. 아솔이 일곱 살 때 야구장에서 찍은 사진이었다.

"아진이는 그렇지 않은데 아솔이는 가끔씩 버릇없게 굴 때가 있어."

홍식이 아내에게 말했다.

"오냐오냐 키운 건 당신이잖아."

미희가 잠옷을 입으며 어이없어했다.

"이제부터라도 아닌 건 아니라고 지적해야겠어. 애를 교육시켜야 할 엄마가 저러면 안 되잖아."

홍식이 초등학생을 둔 학부모처럼 다짐하는 걸 보고 미희가 고개를 저으며 침대에 누웠다. 에어컨이 약하게 돌아가고 있었다.

"당신, 홍시라는 별명이 그렇게 싫어?"

"그깟 별명이 뭐라고 싫어해? 내가 어린애도 아니고."

"그럼 아까 아솔이한테 왜 그랬어?"

"그거야 아솔이가 버릇없이 행동하니까, 고 서방도 있는데."

"좋게 이야기하면 되잖아."

"나도 기분이 상한 걸 어떡해?"

"기분이 왜 상했는데?"

"왜 상했는지 정말 몰라서 그래?"

홍식은 흥분한 목소리로 울 때마다 아버지에게 맞았던 것과 여동생들이 그걸 악용해 자신을 골탕 먹였던 일화들을 말했다. 아내에게 여러 번 한 이야기였다.

"아버님이 너무하셨네. 애가 운다고 때릴 것까진 없잖아."

미희는 마치 처음 듣는 것처럼 반응해 주었다.

"늘 나만 맞았어. 은지랑 은정이는 여자라고 한 번도 안 때렸어. 나한테는 잔소리도 얼마나 많이 하셨다고. 당신이랑 결혼하니까 잔소리를 안 하시더라. 나보다 당신이 더 믿음직스러워 보였나 봐."

"결혼했으니까 어른으로 대접하려고 그러신 거겠지. 지금은 아들을 제일 좋아하시잖아. 당신이 주심으로 나오는 경기는 다 챙겨 보시고."

홍식은 몇 년 전 야구장을 찾아와 경기하는 선수들은 보지도 않고 판정하는 아들만 주야장천 보던 아버지의 얼굴, 자랑스러워하는 것 같기도 하고 아쉬워하는 것 같기도 했던 아버지의 표정이 떠올랐다. 아들에겐 유독 엄했던 은행원 아버지, 이제는 병원을 오가는 게 주요 일과인 여든 넘은 노인, 매를 들기는커녕 앉아 있는 것도 버거운 암 환자. 홍식이 상념에 젖어 있을 때 아내가 시계를 가리켰다.

"아솔이한테 연락 안 할 거야?"

10시 32분이었다. 딸과 사위가 집에 도착했을 시간이었다.

"연락은 무슨…."

홍식이 시큰둥하게 말하자 미희가 한 번 더 상황을 정리했다.

"아솔이가 잘 한 건 없지만 그래도 당신이 너무했어. 아솔이는 그 별명이 당신한테 어떤 의미인지 몰랐잖아. 아솔이가 장난칠 때마다 친구 같은 아빠가 된 것 같다고 좋아했으면서 이제 와서 그렇게 정색하면 어떡해. 아솔이 입장에선 황당하지."

"아진인 뭐 해?"

"공부하러 갔어. 12시 넘어서 올 거야."

"그 자식 고3 때보다 더 열심히 하네."

"당신 정말 아솔이한테 연락 안 할 거야? 걔 화나면 오래가는 거 알지? 옛날에 나랑 싸우고 한 달 넘게 말 안 했어. 너무 늦기 전에 연락해."

미희는 자기가 할 수 있는 건 다 했다는 듯 어깨를 으쓱이더니 《숟가락》을 읽기 시작했다. 홍식도 읽던 책을 펼쳤지만 글자가 눈에 들어오지 않았다. 아내와 이야기하면서 아버지를 향한 서운함과 여동생을 향한 괘씸함을 애꿎은 딸에게 풀었단 걸 알았다. 하지만 어째서인지 사과하고 싶지는 않았다. 잘못을 인정하면서도 이번만큼은 딸이 져주길 바랐다.

아솔이한테 연락 오면 그때 사과해야지.

홍식은 플레이오프가 시작되면 표를 구해달라고 아솔에게 연락이 올 줄 알았다. 아솔이 아니면 고 시빙이라도 연락할 줄 알았는데 둘 다 한국시리즈가 끝날 때까지 아무 연락이 없었다.

그러다가 홍식이 '준호만세'에 출연해 ABS와 대결하기로 했다는 기사가 난 날 전화가 왔다. 홍식이 전화를 받자마자 아솔이 격앙된 목소리로 말했다.

"아빠, 미쳤어?"

5

 한국시리즈가 끝난 직후 홍식은 잠실 인근의 한 카페에서 준호를 만났다. 이번엔 홍식이 만남을 청했다. 한국시리즈 5차전에서 홍식이 한 오심 때문에 심판들이 싸잡아 욕먹고 있을 때였다. 준호는 자리에 앉자마자 자기가 심판이었어도 그건 세이프라고 판정했을 거라며 홍식을 위로했다. 홍식은 고개를 저었다.

 8회 말 4 대 4 동점 상황이었다. 원 아웃에 주자는 3루. 3루에 있는 주자는 키는 작지만 발이 빠르고 야구 센스가 좋아 올해 도루왕을 예약한 선수였다. 양 팀 선수들이 숨소리도 내지 않고 경기에 집중했다. 포수 뒤에 서서 주심을 보던 홍식도 그 어느 때보다 집중하며 인이어로 들리는 ABS 판정을 자신의 목소리와 제스처로 힘 있게 전달했다. 3B-1S. 투수가 다섯 번째 공을 던지자 깐깐하게 공을 고르던 타자가 배트를 휘둘렀다. 빗맞은 공이 투수 옆으로 굴러갔고, 동시에 3루에 있던 주자가 홈으로 쇄도했다. 투수는 공을 잡자마자 홈으로 던졌다. 정확한 송구였다. 포수는 공을 잡자마자 홈 플레이트를 향해 슬라이딩하는 주자의 팔에 글러브를 갖다 댔다. 접전이었다. 뒤로 한 발 물러나 주자와 포수의 움직임을 주시하고 있던 홍식은 양팔을 옆으로 뻗으며 크게 외쳤다.

"세이프!"

홈팀 팬들과 선수들이 열광했고, 원정팀 포수가 흥분하며 홍식에게 항의했다. 벤치에 있던 원정팀 감독과 코치들도 펄쩍 뛰며 억울해했다. 하지만 원정팀은 경기당 두 번씩 주어지는 비디오판독 기회를 모두 소진했고, 추가 기회도 없는 상태였다. 결국 홍식이 세이프를 선언해 만들어진 그 점수가 결승점이 되어 5 대 4 홈팀의 승리로 한국시리즈 5차전이 끝났다. 그리고 5차전에서 이긴 홈팀이 다음 경기에서도 이겨 한국시리즈 우승을 차지했다.

5차전이 끝난 직후부터 우승 팀이 결정된 후까지도 홍식의 판정은 내내 논란이 되었다. 경기 당일 전광판엔 그 장면이 나오지 않았지만, 중계 방송엔 포수의 태그 플레이가 느린 화면으로 두 번 나왔다. 아슬아슬하긴 했으나 포수의 태그가 주자의 홈 플레이트 터치보다 살짝 빨랐다. 해설 위원은 비디오판독권이 있었으면 경기가 어떻게 되었을지 모르겠다는 말 정도로 그 장면을 넘겼다. 패배한 팀의 팬들은 그냥 넘어가지 않았다. 경기가 끝난 후 각종 야구 커뮤니티 게시판과 유튜브 댓글 창에 난리가 났다. 야구위원회엔 항의 전화가 빗발쳤다. 한국시리즈가 끝나자 난리는 더 심해졌다.

홍식은 평소 그런 종류의 오심, 실시간으로 재생되는 영상으로는 확인할 수 없고 영상을 느리게 재생했을 때나 겨우 알 정도로 치열한 접전 상황에서 한 오심으로는 괴로워하지 않았다. 그건 집중력을 높인다거나 시야를 넓히는 훈련을 한다고 해서 더 잘할 수 있는 판정이 아니었다. 인간의 능력을 벗어난 범주에 있는 판정이었다. 그러므로 보통은 잠깐 아쉬워하고 말았다. 하지만 그날은 달랐다. 경기를 마치고 영상을 확인한 홍식은 거의 뜬 눈으로 밤을 새웠다. 오심했다는 사실 때문이 아니었다. 포수의 태그와 주자의 터치를 눈으로 보고 입으로 세이프를 외치는 사이에 자신의 머릿속을 스쳤던 생각, 주자의 발이 빠르다는 생각 때문이었다. 포수의 태그와 주자의 터치는 거의 동시에 이루어졌다. 만약 그 순간 주자가 빠르다는 생각을 하지 않았다면 아웃을 외쳤을지도 모른다. 홍식은 주자에 대한 정보가 판정에 영향을 미쳤다는 생각을 떨칠 수가 없었다.

세이프 판정은 머리가 아니라 감각으로 하는 거라고 수백 번 강조했는데, 내가 그런 실수를 하다니….

후회해도 소용없었다. 기록은 감정 따위에 꿈쩍하지 않았다. 잘못해도 사과할 수 없고, 사과해도 결과를 돌이킬 수 없다는 점이 심판 직무의 어려움이었다. 확신이 서지 않을 때도 판정을 내려야 한다는 것 또한.

동 타임이라고 생각했으면서 왜 보류를 안 했지?

너무 자만했어.

지난 시즌 심판들 중 홍식의 비디오판독 번복률이 가장 낮았다. 8.69퍼센트. 스물세 번의 비디오판독 요청 중 두 번만 번복되고 나머지는 홍식이 내린 원심이 그대로 유지된 결과다. 심판의 평균 번복률이 30퍼센트인 것과 비디오판독이 대개 까다로운 상황에서 요청되는 걸 참작한다면 놀라운 수치였다. 절반에 가까운 판정이 번복되는 심판도 있었으므로 8.69퍼센트의 번복률은 홍식의 자부심이었다. 선수들이 종종 자신을 호크아이라고 부를 때도 자부심을 느꼈다. 그 자부심을 지키기 위해 홍식은 부단히 노력했다. 나이가 들수록 침침해지는 눈을 관리하려고 눈에 좋다는 약과 음식은 모조리 챙겨 먹었고, 매일 마사지를 했고, 수시로 안과를 드나들었다. 동체 시력을 향상하기 위해 배드민턴을 쳤고, 체력이 곧 집중력이란 생각에 매일 5킬로미터씩 달리고 중량 운동도 거르지 않았다. 그런데 생각, 머릿속에 떠오른 생각을 통제하지 못해 오심을 하고 말았다. 하필이면 가장 중요한 경기에서.

이참에 인간 심판을 없애자는 이야기가 또 나왔다. 테니스처럼 라인에 떨어지는 공을 센서로 판독하는 호크아이 시스템을 도입하자는 기사가 나왔고, 쉰 넘은 '틀딱' 심판들은 다 은퇴시켜야 한다는 말도 나왔다. 홍식의 실명을 거론한 인신공격도 속출했다. 비난의 정도가 지나쳤지만 홍식은 받아들였다. 자신이 한 판정 때문에 시리즈 분위기가 바뀌었으므로. 21년 동안 염원했던 우승을 놓친 팬들에겐 원망할 곳이 필요하단 걸 알았으므로.

판정에 불만을 가진 팬들이 그라운드로 소주병과 쓰레기통을 던지고, 판정을 수긍하지 못한 감독이 야구공을 쥐고 심판 뺨을 후려치던 시절을 지나온 홍식이었다. 각목을 들고 그라운드로 뛰어들거나 커튼에 불을 붙여 버스를 태우는 팬들을 보면서 자란 홍식이었다. 요즘은 난동이라고 해봤자 양복 입은 회사원이 그라운드에 난입해 우산을 펼치고 헤실헤실 뛰어다니는 정도가 다였다. 하지만 확실한 계기만 있으면 지금도 얼마든지 폭동이 일어날 수 있다고 생각했기에 홍식은 댓글 창에서 벌어지는 인격 살인 정도는 감수하려고 했다. 다만 동료들에게 면목이 없었다. 1년 내내 고생하고도 수고했다는 인사 대신 조롱과 비아냥을 들으며 시즌을 마무리하게 한 것이 몹시 미안했다. 동료들은 괜찮다고 했다. 이런 일이 한두 번이냐고 했다. 그런데도 홍식이 마무리 워크숍에서 계속 괴로워하자 심판 위원장은 일부러 그런 것도 아닌데 뭘 그렇게까지 신경 쓰냐고 타박했다.

일부러 그런 게 아니라도 책임은 져야지.

홍식은 준호에게 대결할 사람을 섭외했냐고 물었다. 준호는 2군 심판을 섭외해서 테스트해 봤는데 판정의 정확도가 너무 떨어져 프로젝트를 보류한 상황이라고 했다. 정확도가 얼마나 떨어지냐고 물으니 30개 중 네다섯 개는 오심이 난다고 했다. 아무리 2군 심판이어도 그 정도로 못 보진 않을 텐데 이상하다고 하자 이제 막 심판이 된 1년 차 새내기라고 했다. 왜 그런 심판을 섭외했냐고 물으니 제작진이 베테랑을 섭외하지 못할 바엔 아예 경험이 없는 신입을 섭외하는 게 좋을 것 같다고 해서 그렇게 했는데, 인간 심판이 로봇 심판을 이기는 걸 보고 싶었지 젊은이의 도전과 실패를 보고 싶은 게 아니었던 자신의 반발로 다른 프로젝트를 준비하는 중이라고 했다.

"그 대결 내가 해도 될까?"

홍식이 조심스럽게 묻자 준호가 반색했다.

"당연히 되죠. 선배님이 해주시면 저희야 너무 좋죠."

"조건은 그대론가?"

"네, 거의 그대로예요. 선배님이 해주시기만 하면 제가 다른 데서 협찬 더 받아 올게요."

"그럴 필요는 없어."

"상금이 커야 보는 맛이 있대요."

"대결은 언제야?"

"아직 정해진 건 없어요. 선배님이 하신다면 이걸 다시 첫 번째 프로젝트로 밀어볼게요. 일단 제작진이랑 미팅부터 하는 게 좋겠어요. 유튜브라서 간단할 줄 알았는데 생각보다 이것저것 신경 쓸 게 많더라고요. 전략을 잘 짜야 한대요. 오픈 시기도 신경 써야 하고. 말만 유튜브지 방송이랑 다를 게 없어요."

귀찮다는 투로 말했지만 준호의 눈은 새로움을 향한 호기심으로 반짝반짝 빛나고 있었다.

"왜 갑자기 마음을 바꾸셨어요?"

"알잖아."

"한국시리즈요?"

"이거라도 해서 심판들 명예 회복해야지."

"오, 자신 있으신가 봐요."

자신이야 제안을 받았을 때부터 있었다. 막연한 자신이 아니었다. ABS를 도입하기 전에도 홍식의 판정은 일관성 있고 정확한 편이었다. ABS를 도입한 후에는 정확도가 더욱 올라갔다. ABS로 판정한다고 해서 인간 심판이 투수가 던지는 공을 멍하니 보고만 있는 건 아니다. 전파 방해나 네트워크 오류로 ABS가 판정을 내리지 못할 가능성에 대비해 주심도 공 판정을 계속해야 한다. 그게 아니더라도 공이 날아오면 습관적으로 판정을 내려보게 되는 게 심판이다. 그런 과정, 투수가 던진 공을 보고 속으로 판정을 내리자마자 귀로 ABS의 판정을 듣는 과정은 심판들에게 일종의 판정 훈련이 되었다. 홍식도 초반엔 ABS와 어긋나는 판정을 꽤 했다. 타자가 치기 힘들다고 봐서 홍식은 볼이라고 판단한 모서리 공에 ABS는 자주 스트라이크를 주었다. 낮게 잘 들어왔다고 감탄한 공엔 가끔 볼 판정을 내렸다. 홍식은 투수들이 인간 심판의 성향을 파악해 공을 던졌듯 자신도 ABS의 성향, 아니 ABS의 설정값을 파악해 판정하려고 노력했다. 첫 시즌엔 5퍼센트에 가까운 공이 ABS 판정과 일치하지 않았다. 세 시즌 동안 속으로 판정을 내리자마자 바로 채점당하는 훈련을 수만 번 한 덕에 이번 시즌이 끝날 무렵엔 300여 개의 공 중에서

대여섯 개를 제외한 나머지 공 판정이 ABS와 일치했다. 그러니 30개쯤은 거뜬히 맞힐 수 있다고 자신한 것이다. 올 시즌 초반에는 네트워크 오류가 발생해 공 열한 개를 직접 판정한 적이 있었다. 오랜만이라 긴장되었지만, ABS의 판정을 전달만 하는 게 아니라 내가 내린 판정을 직접 외치는 쾌감을 맛볼 수 있었다. 경기가 끝난 후 ABS만큼 정확한 판정이었다는 평을 들었을 때의 뿌듯함이란!

"이기면 우리 심판들 전부 불러서 회식 시켜주고 싶어. 올해도 다들 고생했잖아."

홍식이 자신감을 표출하자 준호가 엄지를 세우며 좋아했다.

"회식은 제가 쏠게요. 소고기로. 회식까지 촬영하면 진짜 감동일 것 같은데요, 선배님."

홍식은 대결에서 질 가능성은 조금도 염두에 두지 않는 준호의 태도가 마음에 들었다.

"정말 한다고? 당신이 직접?"

ABS와 대결하기로 했다는 말을 듣고 미희가 남편의 얼굴을 뚫어지게 쳐다봤다. 청양고추를 잔뜩 넣은 갈치조림으로 저녁을 먹는 중이었다.

"응, 오늘 준호 만나서 한다고 했어."

"갑자기 왜? 안 할 거라고 했잖아."

"나 때문에 심판이 된통 욕먹고 있잖아. 내가 만회해야지."

"만회?"

미희가 숟가락을 들고 의심스럽다는 눈길로 홍식을 쳐다봤다.

"정말 그것 때문이야?"

"그게 아니면 뭐? 아, 상금? 상금 때문은 아니야. 상금 받아서 장모님 팔순에 보태면 좋겠지만 그것 때문에 하는 건 아냐. 부담 갖지 마."

홍식이 대수롭지 않다는 듯 말했다. 그러자 감자가 익었는지 확인하려고 젓가락으로 찔러보는 사람처럼 미희가 홍식을 건드렸다.

"당신 요즘 좀 이상한 거 알지?"

"내가?"

"응. 당신 정강이에 공 맞은 다음부터 좀 이상해졌어."

"어떤 점이?"

"걸핏하면 선수들 욕하고, 별것 아닌 일에 짜증 내고, 아솔이한테는 사과도 안 하고."

"내가 언제 그랬어?"

홍식은 말도 안 된다는 표정을 지으며 밥을 떠먹었다.

"당신 그때부터 생전 안 먹던 아침을 차려달라고 하고, 국도 끓여달라고 하고, 아진이한테는 빨리 취업하라고 잔소리하고 그랬잖아."

"나이 들어서 그래. 대충 먹고 나가면 이젠 기운이 없어서 안 돼."

"그럼 직접 차려 먹고 나가면 되잖아. 반찬 냉장고에 있고, 밥솥에 밥 있고, 당신 좋아하는 김도 한가득 있는데 왜 아침마다 꼬박꼬박 나를 깨워? 책 보다가 늦게 잔 거 다 알면서. 그러더니 이제는 갑자기 ABS랑 대결을 한대. 1억을 줘도 안 한다고 했잖아. 대체 왜 그래? 그때 다리가 아니라 머리를 맞은 거야?"

아내가 차려주는 아침밥이 갑자기 왜 먹고 싶어졌는지는 홍식도 몰랐다. 요즘 들어 선수들의 행동이 거슬리는 이유도. 하지만 공 맞은 다음부터 이상해졌다는 아내의 연결 짓기에 동조할 순 없었다. 까마귀 날자 배 떨어진 격일 뿐, 공 맞은 거랑 아침밥은 아무 상관 없었다. ABS와 대결하려는 것도 결자해지의 심정으로 나선 것일 뿐, 공 맞은 것과는 관계없었다.

"오심 때문에 하는 거라고 했잖아. 대결하는 거랑 공 맞은 거랑 무슨 상관이야? 그리고 요즘 이상한 건 당신이지. 작가 뒤꽁무니만 쫓아다니고 있잖아. 나 밥 차려줄 시간은 없고 생판 남인 작가 북토크 쫓아다닐 시간은 있어?"

홍식이 반격하자 미희가 자리에서 일어나 그릇을 치웠다.

"대결은 당신이 알아서 해. 나는 소설 써야 해서 바빠."

"당연히 내가 알아서 하지. 당신이 언제 내 일 대신해 준 적 있어?"

미희가 황당하다는 표정으로 홍식을 쳐다봤다.

"아니, 그게 아니라 내가 알아서 할 테니 걱정하지 말라는 뜻이었어."

홍식이 재빨리 변명했다.

"정말 걱정 안 해도 돼. 무조건 이길 거야. 장모님한테 연락드려. 호텔에서 하자고. 사위가 실력 발휘 제대로 할 테니 어느 호텔에서 하고 싶은지 결정만 하시라고 해."

미희가 홍식을 딱하게 쳐다봤다.

"나한테까지 허세 떨 필요 없어."

"허세 아니야. 정말 이길 수 있어. 내가 설마 공 30개도 못 맞히겠어? 28년 짬밥 그냥 먹은 게 아니란 거 제대로 보여줄게. 당신도 지켜봐."

6

 준호를 만나고 일주일 뒤 홍식은 상암의 한 프로덕션 사무실에서 '준호만세' 제작진을 만났다. 이야기와 영상의 기본에 충실하겠다는 의미로 스탠다드라고 이름 붙인 프로덕션이었다. 작년까진 강남에 있었는데 올해 인력을 더 채용하고 사무실을 넓혀 상암으로 옮겼다고 했다. 마중 나온 준호를 따라 회의실로 들어가니 담당 피디와 조감독, 세 명의 작가와 세 명의 촬영 스태프가 홍식을 기다리고 있었다. 그동안 봤던 방송국 사람들과 옷차림과 헤어스타일은 비슷했지만, 전체적으로 어리고 덜 거친 느낌이었다.
 "안녕하세요. 심판님. 함께해 주셔서 감사합니다. 이번 프로젝트를 맡은 최기열이라고 합니다."

많아 봤자 서른 중반으로 보이는 피디가 명함을 내밀며 꾸벅 머리를 숙였다. 홍식은 손을 내밀었다.

"박홍식입니다. 잘 부탁해요."

"저희가 더 잘 부탁드립니다."

최 피디는 준호를 형이라 부르며 친근하게 대했다. 홍식에 겐 심판님이라 부르며 깍듯이 대하다가 몇 마디 나눠본 후에는 이내 준호를 따라 선배님으로 호칭을 바꾸고 역시 친근하게 대했다.

"선배님, 벌써 2천 경기 넘게 출장하셨죠? 거의 쉬지 않고 뛰셨던데 아픈 적은 없으셨어요?"

"왜 없으셨겠어. 공 맞는 게 일상이신데."

"그럼 아파도 참고 뛰신 거예요? 정말 대단하세요. 선수들 출장 기록만 중요하게 생각하는데 심판 출장 기록도 엄청난 거야."

"비디오판독 번복률도 가장 낮으시잖아. 거의 기계 수준이셔."

"선수들이 가장 존경하는 심판 1위로 뽑힌 적도 있으시잖아요. 알고 계셨어요?"

인사가 끝나자 홍식의 맞은편에 나란히 앉은 최 피디와 머리를 노랗게 탈색한 메인 작가가 만담 듀오처럼 홍식의 업적을 칭송했다. 준호가 간간이 맞장구를 쳤고, 사무실 한쪽에 앉은 조감독과 두 명의 작가가 연신 추임새를 넣었다. 그리고 그 모든 과정이 다섯 대의 카메라에 기록되고 있었다. 회사에 도착하자마자 마이크를 찬 홍식은 카메라 앞이라 긴장한 데다 이렇게 긴 칭찬 세례는 난생처음이라 몸 둘 바를 몰라 했다. 28년 동안의 고생을 꼼꼼히 알아주는 게 싫진 않았다.

"본격적인 촬영은 12월부터 하려고요."

최 피디가 대형 화면에 표를 띄우고 제작 일정을 설명했다. 한국시리즈가 끝난 11월부터 스프링캠프가 열리기 전까지의 비시즌 기간은 심판들이 그동안 못 썼던 휴가를 몰아 쓰거나 교육이나 세미나 같은 일상 업무를 하는 시기였다. 한 달의 절반 이상을 경기가 열리는 야구장 인근 숙소에서 자야 하는 시즌 때와는 달리 집에서 출퇴근할 수 있는 기간이기도 했다. 최 피디는 홍식이 대결을 위해 훈련하는 모습과 비시즌 업무뿐만 아니라 가족과 함께하는 일상도 촬영하고 싶다고 했다. 가족의 응원을 받으며 대결하는 아버지만큼 보는 사람의 마음을 움직이는 건 없다고 했다.

"뻔한 게 힘이 세더라고요."

최 피디가 그동안의 경험을 바탕으로 자신 있게 말했다.

"가족들까지?"

홍식이 곤란한 표정을 지었다.

"왜요? 가족분들이 이런 거 싫어하세요?"

"심판이 워낙 욕먹는 일이잖아. 가족들 얼굴까지 알려져서 좋을 게 없어서 말이야. 애들이 된다고 해도 내가 좀 불편해. 미안하네."

홍식의 사과를 들은 최 피디가 두 손을 공중에 휘저었다.

"불편하시면 안 하셔도 돼요. 괜찮아요. 억지로 한 촬영은 티가 나거든요. 저희는 그런 거 정말 싫어해요. 촌스럽잖아요. 대신 선배님 댁에서 혼자 계시는 거나 동료분들이랑 일하시는 거는 촬영할 수 있죠? 야구장 그림밖에 없으면 지루하거든요."

홍식은 피디가 기다 아니다 정확하게 말해주는 게 마음에 들었다.

"혼자 있는 거야 얼마든지 촬영할 수 있지. 가족들 나오는 거 말고는 하라는 대로 다 할게."

"약속하신 거예요."

"그럼. 그런데 우리 야구인들 말고 다른 사람들도 이런 대결에 관심 있을까? 다들 괜한 고생하는 건 아닌가 몰라."

홍식이 카메라 뒤에 서 있는 촬영 스태프들을 보며 걱정하자 준호가 말했다.

"무조건 재밌어요, 선배님. 무조건이요. 우리는 이빨 까면서 30분, 한 시간 그런 게 아니라 밀도 있게 15분짜리로 다섯 개만 딱 만들 거예요. 그리고 선배님 같은 베테랑 심판이 ABS랑 맞짱 뜬다는데 누가 안 보겠어요? 야구팬이라면 무조건 클릭하죠."

메인 작가도 준호의 말을 거들었다.

"알파고랑 이세돌이 대결했을 때 바둑 두는 사람만 본 게 아니라 바둑 못 두는 사람도 다 봤대요. 저희는 인공지능을 테스트하는 게 아니라 사람의 능력을 보는 쪽에 가깝지만, 스트라이크 판정은 워낙 오랫동안 예민하고 논란이 많았던 사안이어서 야구팬은 물론이고 야구에 관심 없는 사람들도 아마 다 볼 거예요. 저희가 그렇게 만들게요."

"재미는 준호 형이 담당하실 거예요."

최 피디가 한마디 덧붙였다.

"나한테 또 왜 그래. 부담되게."

준호는 입술을 쭉 내밀며 익살맞은 표정을 지었다. 현역 시절 홍식이 미트질에 속지 않고 볼이라고 판정하면 억울한 척하며 자주 짓던 표정이었다.

"선배님, 이 사람들 무서운 사람들이에요. 조심하셔야 해요. 어제 우리 집에 와서 인터뷰만 잠깐 한다더니 서랍에 있는 제 행운 속옷까지 다 찍어 갔어요. 그리고 섭외는 제작진이 하는 거 아니에요? 제가 후배들한테 굽신거리면서 몇 명 섭외해 줬더니 이제는 신은섭 섭외해 오라고 난리예요. 걔 곧 결혼하는 거 아시죠? 신혼인 애를 어떻게 불러내요."

"에이, 형, 우리가 섭외하는 것보다 형이 하는 게 훨씬 잘 되니까 그런 거죠. 신은섭 선수랑 친하시다면서요? 리그에서 제일 빠른 투수가 나오면 좋잖아요."

최 피디가 해맑은 표정으로 말했다.

"이것 봐요, 선배님. 이런 식이에요. 내가 선배님 모셔 왔지, 투수 섭외하지, 그럼 제작진은 뭐 해? 내가 얼마나 잘 만드는지 볼 거야. 별로면 다 엎어. 준호만세고 만만세고 나 안 해."

준호가 으름장을 놓았다.

"신은섭이 나오면 재밌을 것 같은데?"

홍식이 그렇게 말하자 준호가 앙탈을 부리며 벌떡 일어났다.

"아, 선배님. 선배님까지 왜 그러세요? 야구인끼리 같은 편 먹어야죠."

준호가 콩트 하듯 과장된 몸짓으로 홍식 앞에 무릎을 꿇었고, 제작진과 홍식이 웃음을 터뜨렸고, 그 모든 게 다섯 대의 카메라에 찍혔다. 신은섭의 공이 빠르긴 하지만 스트라이크와 볼 차이가 확연해서 판정을 내리기 쉽다는 홍식의 속마음까지 찍히진 않았다.

회의를 마친 후 저녁을 먹으러 고깃집에 갔는데 거기에도 카메라가 설치되어 있었다. 한 대는 전체를 찍고 있었고, 한 대는 준호, 한 대는 홍식을 찍었다. 준호의 끈질긴 권유에 평소 안 마시던 소주를 몇 잔 마셨더니 홍식의 얼굴이 금방 빨개졌다. 얼굴에 불이 났다고 준호가 놀렸지만, 홍식은 기분이 좋았다. 예상했던 것보다 넉넉하게 책정된 출연료도 좋았고, 상금이 천만 원으로 오른 것도 좋았다. 무엇보다 뭔가를 해보려는 젊은이들의 의기투합이 좋았다. 그 중심에 자기가 있다는 것도.

"선배님은 어떻게 심판이 되셨어요?"

홍식의 대각선에 앉은 막내 작가 철용이 홍식에게 물었다.

"야구로 안 풀려서 하게 됐지, 뭐."

홍식이 솔직하게 대답하자 철용이 약간 실망하는 기색을 보였다.

"사실 부상이 좀 있었어. 사람들은 잘 몰라."

홍식이 야구 선수라면 한두 번은 겪는 햄스트링 부상을 떠올리며 사연을 보태자 철용이 그제야 고개를 끄덕였다.

"너무 아쉬우셨겠어요. 프로 입단이 정말 어렵잖아요. 거의 고시 수준 아니에요? 저도 방송국 들어갈 때 계속 떨어져서 삼수 만에 겨우 들어갔어요."

두 사람의 대화를 듣고 있던 최 피디가 대화에 끼어들어 언론고시 부봉남을 삼깐 늘어놓았다. 부봉남을 빙자한 자랑을 다 늘은 홍식은 언론고시를 준비하고 있는 아들이 생각나 최 피디에게 물었다.

"방송국은 왜 그만뒀어? 그렇게 힘들게 들어가 놓고."

"저요? 저는 시스템 안에 있는 게 잘 안 맞았어요. 생각보다 이것저것 신경 쓸 게 많더라고요. 어렵게 들어갔으니까 일단 좀 버텨보자 하고 있었는데, 여기서 불러줘서 냉큼 나왔어요. 스탠다드 대표님이 대학 선배시거든요."

"최 피디가 나와서 처음으로 한 게 대박 났잖아요. 선배님, 그 배윤수 나오는 축구 유튜브 아시죠? 그게 최 피디가 한 거예요. 그걸로 돈 많이 벌었을걸요."

준호가 최 피디의 성공이 자기 업적인 양 자랑스러워하며 말했다.

"월급쟁이라 돈은 별로 못 벌었어요."

"방송국에 있었을 때보단 많이 벌었을 거 아냐."

"그거보다 적게 벌기도 힘들어요."

"그래? 방송국 월급이 그렇게 적어?"

방송 종사자들의 연봉과 처우 이야기로 한참 시간이 흘렀다. 다들 조금 취했다. 홍식도 알코올의 부추김과 작가들의 열띤 호응에 휩쓸려 야구계 뒷이야기와 판정 무용담을 조금씩 흘렸다. 최 피디가 틈을 놓치지 않고 파고들었다.

"선배님, 그런데 멱살은 왜 잡으신 거예요?"

"먹살?"

홍식의 먹살 사건을 다 아는지 그 자리에 있던 모든 스태프가 일제히 홍식을 주목했다.

"에이, 최 피디. 뭘 그런 걸 물어봐."

얼큰히 취한 준호가 어눌한 발음으로 최 피디를 말렸는데, 홍식이 입을 열고 술술 말했다. 언론에는 나오지 않았던 먹살 사건의 진상과 자신의 후회와 반성과 잊을 만하면 등장하는 별명의 지긋지긋함에 대해. 술로 풀어진 와중에도 먹살 잡혔던 선수가 후배 심판에게 한 말이 무엇이었는지는 이야기하지 않았다.

"진짜 억울하셨겠어요. 그것도 모르고 다들 선배님 욕만 엄청 했잖아요."

최 피디가 맥주를 들이켜며 말했다.

"보통은 그런 일이 없는데 원래 알던 후배나 동기가 심판이면 막 하는 선수들이 좀 있어."

"이 이야기도 다루면 좋을 것 같은데요."

"먹살 잡은 거?"

"네, 저희가 억울했던 거 풀어드릴게요."

최 피디의 제안에 홍식이 고개를 저었다.

"아냐. 괜찮아. 내가 은퇴했으면 몰라도 아직 심판을 하고 있는데 그러면 안 되지. 내가 잘못을 안 한 것도 아니고. 우리 야구인끼리 얽힌 건 우리끼리 풀면 돼. 심판은 오케스트라 지휘자 같은 거야. 판정만 하는 게 아니라 경기 흐름을 원활하게 하는 역할도 있어. 선수나 감독이 경기 분위기를 망칠 것 같으면 경고를 주고, 선수끼리 싸움 나면 화해도 시키고. 심판이 알게 모르게 하는 일이 많아. 요즘은 기계가 판정하니까 경기 흐름이 뚝뚝 끊기잖아. 경기가 잘 흘러간다는 느낌이 안 들어. 그래서 ABS 도입하는 걸 반대했는데, 이젠 어쩔 수 없지, 뭐."

홍식의 씁쓸한 끝맺음에 준호와 몇몇 스태프가 고개를 끄덕였다. 메인 작가는 메모장에 급하게 뭔가를 적었다. 홍식은 자신을 향해 빨간 불을 깜박이는 카메라를 빤히 보다가 최 피디에게 물었다.

"최 피디, 이런 술자리 이야기까지 내보내는 건 아니지?"

"혹시 몰라서 일단 찍어두는 거긴 한데, 선배님이 싫다고 하시면 안 내보내겠습니다."

"여기서 나온 이야기는 여기 있는 사람들만 아는 걸로 하지. 그게 좋아."

일주일 뒤 홍식은 계약서에 사인하러 스탠다드 프로덕션에 다시 들렀다. 준호는 없었다. 최 피디와 메인 작가 두 사람만 회의실에 들어왔다. 최 피디는 잠실에 있는 체육관 하나를 빌려서 ABS를 설치할 예정이라며, 섭외한 열 명의 투수 중 시간 되는 투수들이 하루씩 와서 투구할 거라고 했다. 홍식 혼자 훈련할 때는 대학생 투수와 포수를 섭외하거나 피칭머신을 설치해 주겠다고 했다.

"올해 안에 대결하려고 했는데 돔구장이 행사로 꽉 차 있어서 1월 중순에나 대관할 수 있다네요."

"나는 괜찮아. 촬영하기 편한 대로 해."

"네, 이렇게 된 거 1월에 영상 공개하고 반응도 좀 살핀 후에 대결하면 좋을 것 같아요. 정확한 날짜는 내부에서 좀 더 의논한 후에 말씀드릴게요. 투수랑 훈련하는 일정은 철용이가 연락드릴 거예요."

"그럼 12월 내내 촬영이겠네? 협회 일 때문에 안 되는 날도 좀 있어."

"선배님 힘드시지 않게 저희가 일정을 잘 짜볼게요."

그렇게 말한 후 최 피디는 잠깐 통화하고 오겠다며 회의실을 나갔다. 둘만 남자 메인 작가가 눈치를 보다가 홍식에게 말했다.

"참, 선배님, 그 이야긴 들으셨죠?"

"무슨 이야기?"

"대결할 때 공 개수를 늘리기로 했다는 거요."

"못 들었는데?"

"아직 못 들으셨어요? 투수당 열 개씩 해서 총 100개를 던지기로 했어요."

"100개?"

홍식이 깜짝 놀라며 메인 작가에게 되물었다.

"네, 100개요."

메인 작가는 별일 아니라는 듯 태연하게 말했다.

"난 준호한테 분명 30개라고 들었어. 지난 회의 때도 30개라고 하지 않았어?"

그때 최 피디가 다시 회의실로 들어왔다.

"최 피디, 공을 100개 던지기로 했다는 게 무슨 말이야?"

"아, 말씀드렸어?"

최 피디 역시 별일 아니라는 듯 자리에 앉으며 태연하게 설명했다.

"그게 상금을 협찬해 주기로 한 곳에서 100개는 던져야 그림이 나오지 않겠냐고 의견을 주셔서요. 저희도 현역 투수들 힘들게 섭외했는데 딱 세 개씩만 던지고 가라고 하기도 뭐하고 해서 50개로 하려다가 좀 애매한 것 같아서 그냥 100개로 하기로 했어요. 홍보하기도 좋고요."

"그럼 100개로 확정된 거야?"

"네, 거의….'"

"그걸 왜 이제 말해?"

홍식이 사인한 계약서가 든 봉투를 내려다보며 언짢아했다.

"100개를 어떻게 맞혀? 무슨 일이든 100번을 실수 없이 하는 건 불가능해. 원숭이도 나무에서 떨어질 때가 있다는 말이 왜 있겠어?"

"다 맞혀야 하는 건 아니에요, 선배님. 기회가 세 번 있어요. 스리아웃처럼요. 미리 말씀드리지 못해서 죄송해요. 저희 생각엔 30개를 다 맞히는 것보다 오십 기회가 세 번 있는 게 더 쉬울 거라고 생각해서…."

최 피디가 죄송해했고, 메인 작가는 더 죄송해했다.

"원래대로 바꿀 순 없어? 30개로?"

홍식이 굳은 얼굴로 묻자 최 피디가 또 사과했다.

"죄송합니다, 선배님."

"준호도 100개로 바뀐 거 알고 있어?"

"네, 말씀드렸어요. 준호 형은 선배님이시라면 충분히 하실 수 있을 거라고 하시던데요."

홍식은 그제야 이게 사기 위주로 놀아가는 판이 아니라 제작진이 만든 판 위에 자기가 올려졌다는 것과 준호가 그 판을 함께 돌리고 있다는 걸 알았다. 자기 이름을 걸고 만드는 채널이니 준호가 제작진과 한통속인 건 당연했다. 배신감을 느낄 일이 아니었다. 그런데도 자기 앞에 앉아 날아오는 공을 든든하게 막아주던 포수가 심판이 맞을 걸 알면서도 일부러 잡지 않은 것 같은 느낌을 지울 수가 없었다. 섭섭했지만 못 하겠다고 내빼기엔 일이 너무 많이 진행되었다.

"알았어. 100개. 이미 그렇게 정해졌으면 어쩔 수 없지 뭐. 휴가도 못 가고 한 달 내내 훈련만 해야겠네."

고심 끝에 홍식이 체념하자 최 피디와 메인 작가가 안도했다.

"선배님, 이해해 주셔서 감사해요. 저희가 진짜 잘 만들어볼게요. 이거 보고 나면 야구팬들이 심판 고충을 이해할 수 있게, 아니 심판한테도 팬이 생길 정도로 잘 만들어볼게요."

최 피디가 애교 섞인 목소리로 말했다. 메인 작가도 두 손을 모으고 연신 고개를 끄덕였다. 홍식이 피식 웃자 두 사람은 숙였던 몸을 젖히며 완전히 안도했다. 그러면서 공식적인 발표가 있기 전까진 프로젝트 내용을 함구해 달라고 했다. 그래서 홍식은 며칠 동안 아내를 제외하곤 아무에게도 계약 사실을 말하지 않았는데, 제작진이 준호에게는 그런 당부를 하지 않았는지 12월이 되기도 전에 준호와 친한 기자가 '한국 최고의 베테랑 심판과 로봇 심판의 맞짱'이라는 제목으로 기사를 냈다.

기사를 보고 거의 두 달 만에 홍식에게 전화한 아솔이 다짜고짜 화를 냈다. 웃음거리가 될 게 뻔한 대결을 뭐 하러 하냐고, ABS가 도입된 마당에 그런 대결이 무슨 의미가 있냐고 했다.

"아빠, 야구팬들 몰라? 온갖 조롱이 난무할 거야."

"걱정하지 마. 아빠가 잘해볼게. 아빠도 할 만하니까 하는 거야."

"100개를 어떻게 다 맞혀? 심판 할아버지가 와도 100개는 다 못 맞혀. 무슨 일을 해도 100개 중 하나는 오류가 나기 마련이야. 100명 중 한 사람은 미친 사람이고. 당장 못 하겠다고 해. 아니면 다른 심판한테 하라고 해. 그런 거 하고 싶어 하는 사람들 많잖아."

"내가 아니면 안 된다고 준호가 사정해서 하는 거야. 이참에 심판들 명예도 좀 회복하고."

"회복할지 더 추락할지 아빠가 어떻게 알아? 아빠, 이건 너무 무모한 도전이야. 지금이라도 취소해."

자신의 만류에도 홍식이 끄떡하지 않자 아솔이 가족 단톡방에 도움을 청했다.

엄마, 아빠가 이런 대결하는 거 알고 있었어?

알고 있었지.

근데 왜 말 안 했어?

네가 아빠 이야기는 하지도 말라며?

아니 이건 경우가 다르지. 우리 회사 사람들도 아빠가 심판인 거 다 안단 말이야. 나한테도 영향 있어. 기사 난 거 보고 응원한다고 다들 나한테 한마디씩 하는데 정말 싫어.

아버지 응원해 준다는데 누나가 왜 싫어?

그 사람들이 진심으로 응원하는 줄 알아? 비아냥대는 거야. 지길 바라면서.

누나를 싫어하는 사람들인가?

나를 왜 싫어해? 견제하느라 그러겠지. 뭐라도 꼬투리 잡아서 내 기분 망치려는 인간들이란 말이야.

그럼 그건 그냥 누나 문제 아냐?

너 말 막 한다. 아무튼 난 존나 싫어. 엄마가 아빠 좀 말려봐.

홍식은 딸이 쓴 메시지를 읽으며 착잡했다. ABS와의 대결이 이렇게까지 무모한 일인가 하는 의문이 들기도 했지만, 그보다는 딸을 정말 잘못 키운 게 아닌가 하는 불안 때문이었다. 자식과 친구처럼 지내는 게 마냥 좋지만은 않단 걸 요즘 확실히 깨닫고 있다. 아진은 군대에 다녀온 후로 꼬박꼬박 존댓말을 쓰며 홍식이 하는 말엔 웬만해선 토를 달지 않는데, 네 살이나 많은 아솔은 자기주장이 강해 충돌이 생기면 그게 엄마든 아빠든 남편이든 직장 상사든 꼭 이겨먹어야 직성이 풀렸다. 명절에 친정에 먼저 들르는 문제만 해도 그랬다. 아내가 매년 시가에 먼저 가라고 하는데도 아솔은 서울에 있는 친정에 들렀다가 사람들이 서울로 귀성할 때쯤 시가가 있는 광주로 가는 게 차도 막히지 않고 기차표를 구하기도 쉬운, 합리적인 동선이라고 하면서 매년 잠실에 있는 친정을 먼저 방문했다. 사돈이 품이 넓은 양반이라 지금까지는 그러려니 하고 넘어가는 모양이지만 언젠가는 탈이 날 거라고 홍식은 늘 우려하고 있었다. 어른 무서운 줄 모르는 천방지축이 이제는 아빠가 하는 일까지 간섭하려 들었다. 아빠를 뭐로 보고. 홍식은 괘씸함을 곱씹다가 엄지로 한 자, 한 자 메시지를 적었다.

아솔아, 아빠가 무슨 몹쓸 짓이라도 하니? 말리긴 뭘 말린다는 거야. 어른한테 그렇게 말하는 건 어디서 배웠어?
그리고 아무리 가족 단톡방이라고 해도 예의 차려. 존나가 뭐야? 천박히게.

홍식은 마지막에 쓴 네 글자를 지울까 하다가 그대로 두었다. 아솔은 홍식의 메시지를 읽자마자 단톡방을 나갔다. 일을 마치고 집에 가니 아내가 요즘 아솔이한테 왜 그러냐고 했다. 아솔이 자신에게 전화해 어떻게 아빠가 딸한테 천박하다고 할 수 있냐면서 펑펑 울었다고 했다. 딸이 울었다는 말에 홍식은 조금 속상했지만, 아내에게는 아빠가 딸한테 그 정도 지적도 못 하냐고 큰소리쳤다. 그러자 미희가 두 손을 들었다. 박씨 부녀 싸움에 끼고 싶지 않다며 알아서들 풀라고 했다. 홍식은 마치 싸운 애들을 화해시키려다가 포기하는 선생님처럼 구는 아내의 태도가 마음에 들지 않았다. 남편을 뭐로 보고.

"당신도 문제야. 아솔이가 그러면 같이 혼내야지."

홍식이 안방으로 들어가는 아내의 뒤통수에 소리치고 있을 때 아진이 현관문을 열고 들어왔다.

"다녀왔습니다."

아들의 목소리를 듣고 미희가 안방에서 나왔다.

"저녁 먹었어?"

"도서관에서 먹고 왔어요."

"잘했다. 냉장고에 피자 있으니까 배고프면 데워 먹어."

아내가 다시 안방으로 들어갔다. 홍식은 혼자 거실에 앉아 있다가 아들의 방에 들어갔다. 책장뿐 아니라 옷장, 서랍장, 바닥에도 책이 빽빽하게 쌓여 있었다. 벽에는 각종 영화 포스터와 엽서, 사진이 빼곡하게 붙어 있었다. 홍식은 오랜만에 들어간 아들의 방을 둘러보며 책상 의자에 앉았다. 공부하면서 점점 살이 쪄 100킬로에 육박하는 거구가 된 아진이 옷을 갈아입으며 홍식에게 물었다.

"뭐 하실 말씀 있으세요?"

"응? 아니, 그냥. 공부는 잘돼?"

"그럭저럭하고 있어요."

그렇게 말하고 아진은 방 한가운데 우두커니 서 있다가 두 손을 들어 올리며 할 말 없으면 나가달라는 표시를 했다. 홍식은 책상에 놓인 책을 뒤적이며 별일 아니라는 듯 말했다.

"아까 누나가 단톡방에 올린 거 봤지?"

아진은 그제야 알겠다는 듯 침대에 걸터앉았다. 중학생 때 사서 지금까지 쓰고 있는 매트리스가 아래로 푹 꺼졌다.

"아버지가 대결하는 게 그렇게 잘못이냐?"

"걱정돼서 그러는 거겠죠."

"너도 걱정돼?"

"전 괜찮아요."

"넌 아예 관심이 없구나."

"그게 아니라 그건 아버지 일이잖아요. 제가 뭘 알겠어요."

아진이 어깨를 으쓱이며 무심하게 말했다. 홍식은 딸의 결사 반대보다 아들의 무심함이 더 서운하게 느껴졌다.

"그래, 내 일이지."

어색한 기류가 방 안에 흘렀다.

"공부는 잘돼? 요즘 방송국 들어가기가 그렇게 어렵다며?"

"늘 어려웠어요."

다시 어색한 기류가 흘렀다. 홍식은 딸과 싸우는 것보다 아들과 안부를 주고받는 것이 더 어렵다고 생각하며 의자에서 일어났다. 아진도 침대에서 일어났다. 매트리스가 다시 평평해졌다.

"우리 유튜브 피디가 방송국에 있던 사람인데, 평소에 책이나 신문을 많이 본 게 도움이 됐다더라. 아주 똑똑한 사람이야. 촬영 끝나면 아버지가 피디랑 자리 한번 마련해 볼까? 궁금한 거 있으면 물어볼래?"

홍식이 방을 나가며 그렇게 묻자 아진이 의외로 쉽게 고개를 끄덕였다.

"좋죠. 무리하진 마시고요."

"무리하는 거 아냐. 그 피디가 나한테 얼마나 잘하는데? 아버지가 명색이 주인공 아니겠냐. 지금이라도 전화하면 당장 달려올걸?"

홍식이 거들먹거리자 아진이 눈살을 찌푸렸다.

"왜? 못 믿겠어? 지금 전화해 볼까?"

"아니요. 믿어요, 믿어."

아진이 손사래를 치면서 홍식을 방 밖으로 슬쩍 밀어냈다.

"너라도 아버지 응원 좀 해라. 누나도 좀 설득하고. 밖에 가면 다 내 편인데 집에는 내 편이 한 명도 없어."

홍식이 닫힌 문에 대고 소리쳤지만 대꾸는 없었다.

7

 12월 첫째 주부터 훈련 촬영이 시작되었다. ABS와 대결한다는 소식을 들은 후배 심판들은 대부분 홍식을 응원했다. 훈련을 돕겠다는 후배도 있었고, 인간 심판의 능력을 증명해 달라며 커피를 사주는 후배도 있었다. 그러나 30명의 1군 심판 중 홍식과 비슷한 경력을 가진 고참급에선 홍식이 심판 대표 격으로 나서는 걸 아니꼬워하는 사람과 심판의 명예를 실추시킬 가능성을 언급하며 심판 위원장에게 문제를 제기한 사람도 있는 모양이었다. 홍식보다 한 살 어린 심판 위원장은 홍식이 심판의 권위와 관련된 문제에 예민하단 걸 알고 있었다. 비디오판독 도입을 끝까지 반대한 심판도 홍식이었고, ABS 도입에 가장 회의적인 반응을 보인 심판도 홍식이었다. 그것 때문에 홍식은 총재에게 밉보여 심판 위원장 후보조차 되지 못했다. 홍식의 신념과 고집을 아는 심판 위원장은 현역 심판이 ABS와 대결을 펼치는 게 썩 마음에 들진 않았지만, 공 판정 업무가 이미 ABS로 넘어간 이상 심판의 위신이 손상될 위험이 높지 않다고 판단해 대결을 묵인했다. 홍식과 친한 광태는 심판들 사이에 떠도는 뒷이야기를 전하며 꼬투리 잡히지 않게 언행을 조심하라고 당부했다. 한 후배는 홍식이 준호에게 이용당하고 있다는 소문을 들었다며 걱정을 표했다. 치명적인 오심을 했을 때를 제외하곤 심판이 언론의 주목을 받는 일이 없었기 때문에 여러 우려가 있는 게 당연했다. 홍식은 그렇다고 위축되거나 전전긍긍하지 않았다. 오히려 즐겼다. 대결에 응한 후부터 자신을 둘러싼 팽팽한 긴장감과 거기서 피어난 활력을 즐겼고, 공을 던지는 현역 투수보다 판정을 내리는 자신에게 더 많이 붙는 카메라를 즐겼다.

  체육관은 멀지 않았다. 철용이 알려준 일정에 맞춰 집에서 차로 15분 거리에 있는 체육관에 가면 열여섯 대의 크고 작은 카메라와 열댓 명의 스태프가 홍식을 맞아주었다. 준호는 올 때도 있었고, 오지 않을 때도 있었다. 준호가 오면 공을 던지러 온 투수와 준호, 홍식이 나란히 카메라 앞에 앉아 최 피디가 정한 주제로 한 시간가량 이야기를 나누다가 훈련했고, 준호가 오지 않으면 바로 훈련에 돌입했다.

촬영일마다 다른 유형의 투수가 왔다. 홍식이 졸업한 고등학교의 에이스가 오기도 했고, 제구가 주무기인 현역 투수가 오기도 했고, 이제 막 프로가 된 2군 유망주가 오기도 했다. 어떤 투수가 오건 홍식이 하는 일은 똑같았다. 심판복과 각종 보호대를 착용하고 포수 뒤에 서서 날아오는 공을 판정하는 것. 훈련은 투수가 공을 던지면 홍식이 먼저 육성으로 판정을 내리고, 5초 뒤에 전광판과 기계음으로 ABS의 판정을 공개하는 식으로 진행됐다. 구속이 느리거나 볼과 스트라이크의 차이가 심하면 판정이 너무 쉬우므로 난도를 높이기 위해 투수에겐 자신의 평균 구속보다 빠르게 던져야 한다는 규칙이 생겼다. 볼과 스트라이크의 경계인 보더라인에 걸치게 공을 던질 경우 공 하나당 50만 원을 자기 이름으로 유소년야구연맹에 기부할 수 있게 하는 미션도 주어졌다. 미션이 투수들의 승부욕을 자극했는지 섭외된 투수들 모두 열정적으로 훈련에 임했다.

훈련을 하면 할수록 홍식은 자신감이 늘었다. 실제 경기에서 주심을 맡으면 공 판정 말고도 신경 쓸 게 많았다. 타석에 있는 타자와 마운드에 있는 투수의 상태뿐만 아니라 그라운드 곳곳에 흩어져 있는 선수들과 심판들의 움직임, 관중과 벤치의 반응까지 살피면서 경기를 운영해야 해서 정신이 없었다. 최근엔 빠른 경기 진행을 위해 정해진 시간 안에 공을 던지거나 타석에 서야 하는 피치 클록이 생겨 더 분주해졌다. ABS와의 대결에선 보크나 피치 클록, 타자의 스윙 같은 걸 확인할 필요가 없었다. 날아오는 공만 보면 되었기에 가지고 있는 모든 에너지를 공 판정에 쏟을 수 있었다. 키가 176센티미터인 철용이 매번 타석에 선다는 점도 유리했다. 실제 경기에선 타자의 키에 따라 스트라이크존의 범위가 조금씩 달라지는데, 대결에선 타자가 동일하다 보니 기준점이 고정되어 판정하기가 훨씬 수월했다. 첫 훈련에 참석한 2군 유망주는 제구력이 그리 좋지 않아 보더라인에 걸치는 공을 하나도 던지지 못했다. 덕분에 홍식이 30개의 공을 모두 오심 없이 손쉽게 판정하자 준호가 독립운동이라도 하듯 만세를 외치며 함박웃음을 지었다. 두 번째 훈련에 참석한 투수는 제구력이 꽤 좋은 1군 선수라 홍식도 긴장했는데 투수 쪽이 더 긴장했는지 판정하기 어려울 만큼 아슬아슬한 공이 많이 나오진 않았다. 초반 훈련에서 가장 까다로웠던 투수는 리그를 떠난 지 5년 된 은퇴 투수였다. 현역 시절 터무니없이 느린 구속을 가졌음에도 정확한 제구력으로 117승을 기록한 선수였다. 은퇴 투수는 보더라인에 걸치는 공을 세 번이나 던졌다. 홍식은 그중 한 개를 잘못 판정했다. 하지만 점점 정확도가 높아지고 있었기 때문에 크게 걱정하진 않았다.

홍식은 대결할 투수나 카메라가 오지 않는 날에도 체육관에 나가 훈련했다. 준호도 가끔 나왔다. 시간이 갈수록 준호와 제작진이 한통속이란 게 분명해지고 있었지만, 카메라가 없는 날에도 나와 훈련을 돕는 걸 보면 인간적인 야구를 지키고 싶다고 했던 말이 빈말은 아닌 듯하여 홍식은 준호에 대한 신뢰를 완전히 거두지는 않았다.

그날도 준호는 홍식이 훈련한다는 이야기를 듣고 체육관으로 와 마스크를 쓰고 공을 받아주었다. 훈련을 마친 후에는 저녁을 사주겠다며 초밥집으로 홍식을 데려갔다. 요리사가 감질나게 하나씩 내놓는 초밥을 먹으며 준호는 싱글벙글했다.

"뭐 좋은 일 있어? 얼굴이 폈네."

"좋은 일요? 있죠. 선배님이 공을 너무 잘 보신다는 게 좋은 일이죠."

"헛소리하지 말고."

"진짜 그것 때문이에요. 선배님 생각하면 자다가도 웃는다니까요."

준호의 너스레에 홍식은 너털웃음을 터뜨렸다.

"아마 다들 깜짝 놀랄걸요. 사실, 선배님이 실패할 거라는 사람이 꽤 있어요. 선배님 실력을 못 믿어서가 아니라 인간이 어떻게 기계만큼 정확하게 판정하냐는 거죠. 네가 겪은 야구 썰만 풀어도 조회수가 100만은 나올 텐데 뭐 하러 그런 걸 하냐는 사람도 많아요. 저는 빨리 보여주고 싶어요. 봐라, 이 자식들아. 인간 심판이 이 정도다."

준호가 의기양양하게 웃은 후 작은 잔에 담긴 사케를 한 번에 들이켰다. 홍식은 몸 관리를 위해 술을 받아두기만 하고 마시지는 않았다.

"제가 처음 제안드릴 때 했던 말 기억하세요?"

"어떤 말?"

"야구계에 질문을 던지는 콘텐츠를 만들고 싶다고 했던 거요."

"그랬나?"

"네, 그랬어요. 저는 요즘 선배님 훈련하시는 거 보면 그런 질문을 던질 수 있을 거란 확신이 들어요."

"어떤 질문?"

"우리가 너무 쉽게 인간을 기계로 대체한 건 아닌가? 야구란 무엇인가? 인간적인 야구란 무엇인가? 그런 질문들이요."

"사람들이 정말로 그런 질문을 하게 될까?"

"그럼요. 저는 선배님이 훈련하시는 모습만 봐도 그런 생각이 들던데요. 최 피디도 그랬어요. 선배님이 필사적으로 훈련하는 모습을 보면 인간 심판의 오심을 줄일 방법을 모색하지 않고 너무 쉽게 ABS를 도입한 게 아닌가 하는 생각이 든다고요."

"아이고, 말만 들어도 고맙네."

홍식이 막 나온 고등어 초밥을 집어 먹으며 물었다.

"채널 이름은 왜 준호만세라고 지었어?"

그러자 준호가 고등어 초밥을 입에 넣고 오물거리며 양손을 머리 위로 쭉 뻗어 만세 했다.

"선배님, 최근에 만세 해본 적 있으세요?"

"만세? 없는 것 같은데?"

"그렇죠? 사실 살면서 만세 할 일이 별로 없잖아요. 손뼉 치면서 좋아할 일은 있어도 만세 할 정도로 기쁜 소식은 잘 없잖아요. 그래서 저는 야구장에서 만세 하는 사람들 볼 때마다 뭉클했어요. 코끝도 찡했고요. 밖에선 다들 나름대로 무게 잡는 어른일 텐데 야구장만 오면 애들처럼 깡충깡충 뛰잖아요. 겨드랑이 다 보여주면서. 어쩜 그렇게 좋아할까요? 야구가 뭐라고…. 감사하죠. 선수 입장에선. 덕분에 먹고사니까. 제 생각엔 팬들이 만세 할 기회를 만들어주는 게 야구의 핵심인 것 같아요. 그래서 만세라고 지었어요. 준호만세. 만세라는 말은 듣기만 해도 기분이 좋아요. 참 이상해."

준호의 이야기를 들으며 홍식은 마지막 만세를 떠올려보려 했지만, 생각나지 않았다. 선수 때는 동료가 홈런을 치거나 팀이 극적으로 이겼을 때 종종 만세 했다. 어떤 팀도 응원해선 안 되는 심판이 된 후로는 만세 할 일이 없었다. 아솔이나 아진의 운동회라도 갔으면 만세 할 일이 생겼을지 모르는데, 운동회가 열릴 정도로 화창한 날엔 야구 경기도 열렸기 때문에 홍식은 한 번도 자식들의 운동회에 참석하지 못했다. 우리나라가 기적적으로 4강에 진출해 온 국민이 거리에서 만세 하던 2002년 월드컵 때도 홍식은 막 1군 심판이 되어 시즌을 치르느라 축구 경기를 제대로 보지 못했다. 준호의 말을 듣고 나니 홍식은 만세가 하고 싶어졌다. 기쁨으로 완전히 이완된 무방비 상태를 몸소 겪어보고 싶어졌다. 이번 대결에서 이기면, 아니 도전에 성공하게 되면 두 팔을 들어 올려 겨드랑이를 보여주리라 마음먹으며 준호에게 물었다.

"유튜브 하는 건 어때? 힘들지 않아? 이것저것 할 일이 많아 보이던데."

"아직은 재밌어요."

준호가 씩 웃더니 목소리를 낮추고 말했다.

"사실 제가 우울증이 와서 유튜브를 시작했거든요."

"우울증?"

"네, 경미하게요. 은퇴하고 나니까 처음엔 여행 다니고 애들이랑 시간을 보내서 좋았는데, 어느 순간부터 좀 시들시들해지더라고요. 제가요. 축 늘어져서 아무것도 안 하고 싶은 거예요.

병든 닭처럼 졸기만 하고요. 그러다 보니까 와이프랑 자꾸 싸우게 되어서 사이도 안 좋아졌고. 지금 생각해 보니 평생 경쟁 속에서 긴장하며 치열하게 살다가 갑자기 긴장이 풀려서 그랬던 것 같아요. 공 하나, 카운트 하나에 집중하며 살았는데 집중할 게 없어져서 혼란스러웠나 봐요. 선수 때는 후배들 만나면 반갑게 인사하면서도 은근히 견제하는 신경전 같은 게 있었거든요. 근데 은퇴하고 나니까 그런 게 없더라고요. 견제할 필요가 없으니까 다들 편하게만 대해요. 팬들도 마찬가지예요. 선수 때는 팬들 눈에 항상 기대가 있었거든요. 제가 연달아 삼진 먹고 병살타를 쳐도 다음엔 잘하겠지 하면서 이 악물고 파이팅 해주는 그런 게 있었는데, 이제는 다 그냥 반가워만 하는 거예요. 당연하죠. 전 은퇴했으니까. 은퇴 선수한테 뭘 기대하겠어요? 근데 저는 이상하게 그게 그렇게 서럽고 서운하더라고요. 그래서 상담 받으면서 치료하다가 유튜브를 시작한 거예요. 사람들한테 기대 좀 받아보려고요. 이젠 만세 대신 구독과 '좋아요'를 노리는 거죠. 제가 이렇게 관종인 줄은 저도 몰랐어요."

현역 시절부터 준호는 사람을 좋아했다. 야구장에 도착하면 구단 직원과 기자는 물론 심판이나 치어리더, 식당 직원들과도 일일이 근황을 물으며 인사하느라 바빴다. 조금이라도 인연이 있는 선수를 만나면 한두 마디는 주고받아야 직성이 풀리는지 그라운드에서도 수다가 끊이지 않았다. 유격수와 수다를 떨다가 견제를 당해 아웃된 적도 있었다. 모든 경기를 올스타전처럼 즐기는 베테랑 포수, 급소를 맞고 뒹굴 때도 엉덩이를 흔들어대는 익살꾼. 사람들은 유쾌함의 대명사 같은 준호를 좋아했다. 은퇴 후에도 늘 밝고 가뿐한 얼굴이어서 우울증에 걸렸을 거라는 생각은 조금도 하지 못했다.

은퇴가 정말 무서운 거구나.

홍식은 자신의 모든 걸 쏟아부으며 몰입했던 세계에서 버려지는 감정에 대해선 조금 알았지만, 삶의 전부였던 세계에서 물러날 때를 정하는 마음이나 낯선 세계를 헤매는 마음에 대해선 잘 알지 못했다. 은퇴 후 도박으로 전 재산을 잃었다는 한 레전드 투수가 생각났다. 야구 중계를 피해 저녁마다 영화관에 간다는 한 은퇴 외야수도 생각났고, 골프나 테니스 같은 다른 공놀이에 빠져 지낸다는 몇몇 은퇴 선수도 생각났다. 은퇴한 지 1년도 안 돼 자살한 어느 야구 선수 소식을 전하면서, 운동부 중심의 엘리트 육성이 운동선수들의 진로 및 직업 선택을 제한해 체육인의 삶의 질이 저하되었다고 분석한 기사도 생각났다. 기사 말미엔 은퇴 선수들을 위한 체계적인 심리 치료와 직업 상담이 필요하다는 내용이 실려 있었다.

"유튜브를 재밌게 하고 있긴 하지만, 사실 지금도 가슴에 구멍 난 것처럼 허해요. 남은 게 돈밖에 없다는 생각이 자꾸 들고…."

구멍으로 들어오는 바람에 휘청이는 듯한 표정으로 준호가 말했다.

"남은 게 왜 없어?"

홍식은 준호의 잔에 사케를 가득 따라주었다. 그리고 자기 잔을 들어 준호의 잔에 가볍게 부딪힌 후 사케를 마셨다. 술이 물처럼 밍밍하게 느껴졌다.

"준호 너는 기록이 있잖아. 기록은 사라지지 않아. 그리고 네 기록이 보통 기록이야? 한국에서 2천 경기 넘게 뛴 포수는 손에 꼽아. 세 번 이상 골든글러브 받은 사람도 많지 않고. 한국시리즈 우승도 두 번이나 했잖아. 둘 다 주전 포수였고. 그 기록은 네가 죽은 후에도 야구 역사에 남아 있을 거야. 야구가 사라지지 않는 한."

고개를 끄덕이긴 했지만 준호가 여전히 자신의 기록을 대단치 않게 여기는 듯하자 홍식은 누구에게도 말한 적 없는 목표를 밝혔다.

"심판이 세울 수 있는 기록은 출장 기록뿐이야. 사람들이 기억해 주는 건 그것뿐이라고. 내가 은퇴하기 전까지 심판 최다 출장 기록을 세우려고 얼마나 용쓰고 있는지 알아? 그것 때문에 설사할 때도 기저귀를 차고 나갔다니까."

"정말요?"

"정말이지. 선수들은 공격 때라도 더그아웃에서 쉴 수 있지만 우리는 화장실 갈 틈이 없잖아. 곤란할 때가 많아. 작년엔 점심에 뭘 잘못 먹었는지 설사가 줄줄 나오는데 약을 먹어도 조금씩 새는 거야. 대기심이 자기가 나가겠다고 쉬라고 하는데도 기저귀 차고 나갔어. 그런 식으로 한두 번 쉬다 보면 기록 못 세우거든. 메이저리그는 심판 최다 출장 기록이 5,460경기야. 그 기록을 세운 심판이 45년 동안 야구 하고 남긴 기록이야. 나는 이제 1군에서 28년 했어. 아직 3천 경기도 못 뛰었고. 선배님들이 계셔서 최다 출장 기록을 세우려면 앞으로 10년은 더 건강하게 버텨야 해. 근데 너는 기록이 얼마나 많냐? 은퇴식도 성대하게 했고. 나는 아무 기록도 남기지 못하고 은퇴하면 너무 허무할 것 같아서 지랄 발광하고 있는 거야. 자부심을 가져."

홍식의 이야기를 듣고 준호의 휘청임이 잠깐 멈춘 듯했으나 이내 다시 휘청거렸다.

하긴, 몇 마디 말로 막을 수 있는 구멍이었다면 병원까지 다니진 않았겠지.

홍식은 준호의 빈 잔을 계속 채워주었다.

"유튜브가 재밌긴 한데 오픈했을 때 아무도 안 볼까 봐 무섭기도 해요. 유튜브도 야구처럼 성적이 숫자로 다 공개되잖아요. 조회수, '좋아요' 수, 구독자 수. 그런 게 있어서 한번 해보자는 승부욕이 올라오긴 하는데, 유튜브는 야구랑은 달리 내가 열심히 한다고 되는 게 아니라 보는 사람들 마음에 들어야 하는 거잖아요. 그게 또 어렵더라고요."

그동안 자신감만 보여왔던 준호가 불안을 내비치자 홍식은 조금씩 부담되기 시작했다.

"선배님, 이번 대결 꼭 이겨주세요. 제 인생 2막이 선배님한테 달렸어요."

술에 취한 준호가 농담처럼 한 말에 홍식은 웃지 못했다.

"맛있다고 하니까 준호가 포장해 줬어. 당신 갖다주라고."

미희가 초밥을 먹는 동안 홍식은 아내의 맞은편에 앉아 모든 사람이 좋아하는 준호에 관해 이런저런 이야기를 늘어놓았다.

"그런 사람이 실제로 있어?"

미희가 탱글탱글한 광어 초밥을 간장에 찍으며 물었다.

"있어. 준호는 진짜 사람들이 다 좋아해. 우리 야구인들만 좋아하는 게 아니라 이번에 촬영하면서 보니까 유튜브 제작진도

다 준호한테 홀랑 빠졌어. 하긴, 피디는 구박하고 막내는 챙기는 사람을 누가 싫어하겠어. 비싼 밥도 척척 잘 사줘. 그게 사람들한테 잘 보이려고 억지로 그러는 게 아니야. 그냥 천성이 유쾌하고 잘 베푸는 사람인 거지."

"진짜 맛있다, 이 초밥."

미희가 이번엔 참치 초밥을 입에 넣었다. 입이 작아 볼이 금방 불룩해졌다.

"준호가 은퇴하고 나서 많이 허선한가 봐. 아무래도 그렇겠지. 우리 야구인들은 야구가 전부니까."

초밥을 오물오물 씹으며 미희가 물었다.

"그 사람은 그럼 이제 야구가 결핍인가?"

"결핍? 글쎄, 허전한 게 결핍인가? 갑자기 결핍은 왜?"

"내가 소설을 어떻게 시작해야 할지 모르겠다고 하니까 선생님이 인물의 결핍이 뭔지 생각해 보래. 결핍에서 이야기가 시작될 수 있다고. 내가 인물의 결핍은커녕 내 결핍이 뭔지도 모르겠다고 하니까 약간 한심하게 쳐다보더라. 그 나이 먹도록 그것도 모르냐는 눈빛 알지. 누구나 한두 가지는 결핍이 있으니까 잘 생각해 보래. 인물의 결핍이랑 내 결핍 둘 다. 당신은 내 결핍이 뭐라고 생각해?"

미희가 무심하게 물었고, 홍식은 속으로 아버지, 라고 생각했다. 아내는 시아버지를 처음 본 순간부터 살갑게 대했다. 신혼 초엔 시아버지가 가계부를 가져오라, 은행 적금은 이걸 들라, 냉장고는 여기 제품이 좋다는 식으로 집안 살림을 깐깐하게 간섭하는데도 군소리 없이 싹싹하게 시아버지의 비위를 잘 맞췄다. 결혼으로나마 아버지가 생긴 게 좋아서였을 거라고, 홍식의 넓은 어깨를 보고 자주 감탄한 것도 여자만 있는 집에서 자라 남자 몸을 본 적 없었기 때문일 거라고 홍식은 짐작했다. 그런 짐작을 아내에게 이야기한 적은 없었다. 아내도 당연히 알 거라고 생각했다. 그런데 정수리에 흰머리가 빼곡한 중년의 아내가 자신의 결핍을 모르겠다고 하자 말문이 막혔다.

"당신 결핍? 글쎄…."

홍식이 주저하자, 미희가 감태로 감싼 밥 위에 연어알이 잔뜩 올라간 초밥을 젓가락으로 집으며 말했다.

"당신 이야기를 써볼까?"

"내 이야기? 내 이야기 뭐?"

"당신 결핍."

"내 결핍이 뭔데?"

홍식의 물음에 미희는 알면서 그러냐는 눈빛으로 홍식을 빤히 쳐다봤다. 홍식은 아내가 자기가 1군에 데뷔하지 못한 걸 결핍이라고 생각한다는 걸 알았다. 홍식은 아니라고, 한때는 그게 콤플렉스였고 한이었지만 심판으로 1군 경기를 수백 번 치르면서 다 극복했다고, 이젠 아무렇지도 않다고 말하고 싶었다. 그러나 1군이라는 단어를 입에 올리고 싶지 않아 또 주저하자, 미희가 조금도 주저하지 않고 그 단어를 입에 올렸다.

"1군 데뷔."

"아니야. 그건 다 극복했어."

홍식이 곧바로 부정했다.

"정말?"

"정말이야. 내가 뭐 20대, 30대도 아니고 벌써 50대 중반이야. 곧 60이라고. 근데 그걸 아직 극복 못 했을까. 당신도 참."

미희가 감태 초밥을 오물거리며 고개를 끄덕였지만 수긍하는 것 같지는 않았다.

내가 아내의 결핍을 아내보다 잘 아는 것처럼 아내도 내 결핍을 나보다 더 잘 아는 걸까?

홍식은 자신을 슬쩍 의심해 보았다. 하지만 아무리 들여다봐도 가슴속에 선수 생활에 대한 미련이나 한 같은 것이 남아 있지 않았다. 그래서 떳떳하게 딴소리했다.

"당신, 아직도 그 작가 뒷바라지하고 있는 건 아니지? 그 강의는 도대체 언제 끝나는 거야?"

"다음 주면 끝나."

"그럼 대결할 때 올 수 있겠네."

"대결이 언젠데?"

"1월 23일. 최 피디가 가족들 꼭 데리고 와달래. 아진이한테 말했더니 아진이는 그날 스터디 빼고 오겠대. 고 서방도 온다고 했고. 얼굴은 안 나오게 목소리랑 뒷모습만 찍는다고 했어."

"아솔이는?"

"아솔이는 고 서방한테 말했으니까 알아서 하겠지, 뭐."

"나도 갈게. 뭐 도와줄 건 없어?"

"없어. 준호랑 제작진이 알아서 다 챙겨주고 있어. 훈련도 잘되고 있고."

"상금 받으면 엄마 팔순에 보태는 거야?"

"그러고 싶은데 아무래도 상금을 내가 갖는 건 좀 민망할 것 같아. 출연료가 꽤 나오니까 그걸로 장모님 팔순에 보태고 상금은 심판협회나 유소년 야구에 기부할까 봐. 그래야 면이 설 것 같아."

"지면 어떡할 거야?"

미희의 가정에 홍식은 기분이 상했다.

"당신 말을 왜 그렇게 해?"

"내가 뭘?"

"꼭 그렇게 부정적으로 말해야 해?"

"질 수도 있다고 한 건 당신 아냐? 그리고 져도 괜찮다며? 지더라도 어떻게 지느냐가 중요하다며?"

"말이 그렇다는 거지. 워낙 어려운 도전이니까. 그래도 당신은 무조건 이길 거라고 말해주면 안 돼? 꼭 그렇게 남 일처럼 말해야겠어?"

홍식은 2군에서조차 주전이 아니었던 자신을 응원하러 왔던 예전의 아내가 그리웠다. 1군이라는 단어는 실수로라도 입에 올리지 않던 작은 여자는 어디로?

"왜 이렇게 예민해? 당신도 갱년기야?"

미희가 초밥 용기를 정리하며 구시렁거렸다.

"예민하긴 누가 예민하다 그래. 당신은 툭하면 내 탓을 하더라. 당신이 요즘 말을 좀 함부로 한다는 생각은 안 해봤어? 아 다르고 어 다른 거야. 말이란 게. 지면 어떡하긴 뭘 어떡해. 받아들여야지. 내가 뭐 난동이라도 부릴까 봐 그래? 걱정하지 마. 당신한테 피해 주는 일 없을 거야. 그리고 이길 수 있어. 당신은 남편을 뭐로 보는 거야?"

갑작스레 높아진 언성에 입을 벌리고 황당해하는 아내의 표정을 보면서도 홍식은 쏟아져 나오는 말을 멈추지 못했다.

신혼여행을 다녀온 신은섭이 연말에 체육관을 찾았다. 새 신발과 새 옷으로 잔뜩 멋 부리고 나타난 새신랑을 준호가 반갑게 맞았다. 최 피디는 출연해 줘서 고맙다며 국내에서 평균 구속이 가장 빠른 20대 중반의 투수에게 연신 허리를 굽혔다. 홍식은 악수를 청하며 결혼을 축하한다고 말했다. 야구장에서 수없이 만났지만 사적인 대화를 하는 건 처음이었다. 은섭이 홍식의 오른손을 두 손으로 감싸며 꾸벅 머리를 숙였다.

훈련을 시작하기 전 세 사람은 카메라 앞에 나란히 앉아 잠깐 이야기를 나누었다. 가운데에 앉은 준호가 얼마나 많은 야구인이 모였는지 결혼식이 아니라 연말 시상식 같았다고 하면서 은섭에게 결혼한 소감을 물었다. 은섭은 아직 한 달도 되지 않아 모르겠다며 쑥스러워했다. 준호가 자기는 결혼했을 때 성적이 껑충 좋아졌고, 첫째를 낳았을 때 한 번 더 좋아졌다며 결혼 버프와 분유 버프를 기대한다고 말했다. 이미 잘하고 있지만 앞으론 안정감이 생겨 더 잘할 거라고 격려한 후 선배님은 결혼했을 때 어땠냐고 홍식에게 물었다. 홍식은 방출될 위기에 처해 심판 시험을 준비했다고 말하려다가 그럴 분위기가 아닌 것 같아 집에서도 아내의 얼굴을 볼 수 있어서 좋았다고 말했다. 그러자 준호가 사랑 고백이라도 들은 것처럼 호들갑을 떨며 좋아했다. 그리고 고개를 돌려 이런 대결을 한다는 소식을 들었을 때 어땠냐고 은섭에게 물었다. 은섭은 예능적으로 하는 대결인 줄 알았는데 다녀간 투수들에게 물어보니 완전 진지한 분위기라고 해서 뜻밖이었다고 말했다. 준호는 그렇게 생각했을 수 있다며 고개를 끄덕인 후 이 프로젝트의 취지와 대결이 성사되기까지의 뒷이야기를 은섭에게 전했다.

대화를 마치고 제작진이 카메라 세팅을 바꾸는 동안 홍식이 대기실에서 보호대와 마스크를 착용하고 나오자 유니폼으로 갈아입은 은섭이 다가와 카메라를 등지며 은밀하게 물었다.

"심판님, 어떻게 던질까요?"

홍식은 은섭이 은밀하게 구는 까닭을 몰라 천진하게 물었다.

"뭘 어떻게 던져?"

은섭이 여전히 은밀한 목소리로 선심 쓰듯 말했다.

"공이요. 맞히시기 편하게 제가 던져드릴게요."

홍식을 따라다니던 촬영감독이 그 말을 들었는지 급하게 투숏을 잡으며 눈으로 최 피디를 찾았다. 최 피디는 준호와 다른 카메라 앞에서 이야기를 나누고 있었다. 당황한 홍식이 카메라를 슬쩍 본 후 웃으며 은섭에게 말했다.

"그냥 최선을 다해 던져. 이거 짜고 하는 거 아니야."

"에이, 민태한테 물어보니까 심판님이 싹 다 맞혔다고 하던데요. 어느 정도는 짜고 하는 거 아니었어요?"

홍식은 자신의 판정 능력을 의심하는 듯한 은섭의 말투가 거슬렸다. 준호가 자신을 선배님이라고 부르는 걸 듣고도 꼬박꼬박 심판님이라고 하는 것도 거슬렸다.

"짜긴 뭘 짜. 다들 보더라인 맞히려고 혈안이었는데. 짠다고 그렇게 할 수 있는 제구력들이나 되나?"

홍식이 농담하는 척 무시하자 살갑게 굴던 은섭의 표정이 급격히 굳었다.

"그럼 안 봐드려도 되죠?"

은섭이 냉랭하게 말했다. 홍식은 그 변화를 모른 척하며 인자하게 말했다.

"그래, 편하게 해. 원래대로. 무리하지는 말고. 다치면 너만 손해야."

카메라 세팅이 끝났다는 조감독의 외침에 훈련 촬영이 시작되었다. 다른 투수들처럼 은섭도 30개를 던지기로 했다. 몸을 풀고 마운드에 선 은섭은 보더라인을 다 맞혀도 되냐고 묻더니 정말로 첫 번째 공을 보더라인에 가깝게 던졌다. 시속 150킬로미터의 빠른 공을 보고 준호와 제작진이 감탄했고, 홍식은 그 공을 스트라이크라고 판정했다. ABS도 스트라이크라고 판정했다.

자신만만해진 은섭은 두 번째 공을 더 힘껏 던졌다. 구속이 조금 오르긴 했지만, 보더라인을 많이 벗어났다. 그다음 공과 그다음 공 역시 보더라인과는 거리가 멀었다. 홍식은 은섭이 공을 던지는 족족 망설임 없이 판정했고, 그 판정들은 모두 ABS가 내린 판정과 일치했다. 네 개의 공을 더 던졌지만 보더라인에 걸치는 공이 하나도 나오지 않자 은섭이 로진을 만지며 말했다.

"이제 정말 제대로 던질게요."

하지만 그런 후에도 은섭은 자기 이름으로 기부할 수 있는 공을 하나도 던지지 못했다. 은섭이 던진 30개의 공을 모두 정확히 판정한 홍식은 볼끝이 살아 있어서 판정하기 까다로웠다고 훈련 소감을 말했다. 은섭을 배려해서 한 말이었다. 반면 은섭은 심판님이 판정하기 어려우실까 봐 구속을 좀 낮췄더니 제구가 안 잡혔다며, 본 대결에선 열 개 중 최소 세 개는 보더라인에 걸치게 던지겠다고 큰소리쳤다.

촬영을 마치고 준호가 좀 이르긴 하지만 은섭과 함께 저녁을 먹자고 홍식에게 제안했다. 홍식은 저녁 약속이 있다는 핑계로 거절한 후 남아서 훈련을 조금 더 했다. 훈련을 도와주던 철용이 홍식의 기분을 눈치채고 쉬는 시간에 은섭을 흉봤다.

"선배님, 저런 선수들 많아요?"

"어떤 선수?"

"자기가 못해놓고 괜히 다른 핑계 대는 선수들요."

"많지."

"정말요? 와, 프로 선수도 똑같네요. 자기가 잘 못해놓고 남 탓하면서 정신 승리하는 거."

"핑계 대면서 자기한테 시간을 좀 주는 거지, 뭐."

홍식은 감독 탓, 코치 탓, 부모 탓을 하다가 나중엔 정치와 나라 경제까지 탓하며 자신의 부진을 합리화했던 2군 시절을 떠올렸다. 긴장감 때문인지 요즘 들어 그 시절 생각이 자주 났다.

"툭하면 제 핑계 대는 선배가 있는데, 그럼 그 선배도 핑계 대면서 시간을 갖는 거예요? 저한테 떠넘기는 게 아니고요?"

촬영장에서 문제가 생기면 제일 먼저 이름이 불리는 철용은 억울한 게 많은지 입을 비죽 내밀었다.

"방송 쪽은 나도 모르지."

철용이 배트를 들고 다시 타석에 섰다. 훈련을 도와주는 대학생 포수가 홍식 앞에 앉았고, 조감독이 다양한 구종을 던지는 피칭머신을 가동하러 갔다.

"철용아, 프로에서 살아남는 선수는 뭐가 다른지 알아?"

공을 기다리는 동안 홍식이 말했다.

"뭔데요?"

철용이 타격 자세를 풀지 않고 정면을 응시한 채 물었다.

"핑계만 대지는 않는다는 거지. 은섭이 쟤도 자존심 상해서 말은 저렇게 했지만 아마 엄청나게 연습해서 올 거야. 1군이 괜히 1군이 아니거든."

그때 피칭머신이 발사한 공이 홍식을 향해 날아왔다. 그 말도 함께 날아왔다. 홍식이 멱살을 잡게 한 말, 듣자마자 귀를 씻고 싶었던 말, 떠올리는 것만으로도 모멸감이 씹혀 잊으려 노력했지만 언제나 토씨 하나 틀리지 않고 뜬금없이 가슴에 뿌려지는 말.

네가 야구를 알아? 기록도 없는 심판 새끼가. 2군으로 꺼져.

8

 새해 첫날부터 눈이 내렸다. 홍식이 앞으로도 10년 넘게 대출금을 갚아야 제 것이 되는 아파트의 단지 곳곳에 눈이 소복이 쌓였다. 눈싸움하는 아이들로 아침부터 놀이터가 북적였고, 경비직원들은 플라스틱으로 된 긴 초록색 빗자루로 눈을 쓰느라 분주했다. 신정을 맞아 가족들과 점심을 먹기로 한 홍식은 아내와 함께 떡국을 만들었다. 고명으로 올릴 김을 썰다가 오랜만에 친정을 방문한 아솔과 눈이 마주쳤다. 아직 화가 풀리지 않았는지 아솔이 고개를 돌렸다. 식탁에 둘러앉아 떡국을 먹을 때도 홍식에게는 말을 걸지 않았다. 식탁에 흐르는 불편함을 무시하며 떡국을 먹고 있는데 공동 현관 벨이 울렸다.

"누구세요?"

아진이 통화 버튼을 누르고 묻자 인터폰 속 남자가 말했다.

"최기열 피딥니다. 선배님께 새해 인사드리러 왔어요."

익숙한 목소리에 홍식이 숟가락을 놓고 일어났다.

"세배하러 온다고 해서 그러라고 했더니 진짜로 왔네."

홍식이 현관문을 열고 기다리자 한우 상자를 든 최 피디와 대형 과일 바구니를 든 메인 작가가 엘리베이터에서 내렸다. 카메라를 든 촬영감독과 보조 카메라를 든 조감독과 마이크를 든 오디오 감독과 잡다한 짐을 든 막내 작가 철용이 연이어 내렸다.

"아이고, 다 같이 왔네."

세배하러 오겠다는 최 피디의 말이 빈말인 줄 알았고, 온다 해도 혼자 올 줄 알았지 이렇게 떼로 올 줄은 몰랐던 홍식은 당황했지만 일단은 반겼다.

"다른 애들도 오겠다는 걸 저희끼리만 왔어요."

메인 작가가 신발을 벗으며 말했다.

"어디 촬영하러 갔다가 온 거야?"

세팅된 카메라를 보고 홍식이 묻자 최 피디가 한우를 홍식에게 건네며 말했다.

"눈도 오고 해서 선배님 집 주변 풍경 좀 찍고 왔어요. 한우랑 과일 둘 다 제일 좋은 걸로 샀어요. 준호 형이 제일 비싼 걸로 사가라고 하셔서요."

"고마워요. 다들 식사는 했어요?"

미희가 메인 작가에게 받은 과일 바구니를 바닥에 내려놓으며 물었다. 메인 작가는 근처 백화점에 들러 선물을 사고 점심도 먹고 오는 길이라고 했다. 떡국이 차려진 식탁을 보고는 식사 중에 찾아와서 죄송하다고 했다. 그러면서 최 피디와 촬영감독을 슬쩍 봤다.

"선배님, 식사 마저 하세요. 저희는 온 김에 선배님 식사하시는 거나 좀 찍을게요."

최 피디의 말에 촬영감독이 얼른 카메라를 어깨에 올렸다. 오디오 감독도 마이크를 꺼내려고 가방을 열었다. 그 모습을 보고 홍식이 정색했다.

"최 피디, 이건 아니지. 내가 가족들 촬영은 안 된다고 초장에 말했잖아."

촬영감독이 눈치를 보다가 다시 카메라를 내렸다.

"죄송해요. 깜박했어요. 세배만 드리고 가려고 했는데 카메라 들고 온 김에 몇 컷만 찍고 가자고 해서…."

그렇게 말하며 최 피디가 메인 작가인 서경을 쳐다봤다. 그러자 서경이 불쾌하다는 듯 말했다.

"내가 언제 그랬어? 최 피디 또 이러네."

"아니, 내 말은 작가님이 그랬다는 게 아니라…."

"그러면 왜 날 쳐다봤어요? 촬영해도 되냐고 선배님께 미리 여쭤보자고 한 건 나잖아. 계속 이런 식으로 일할 거야?"

"이런 식이라뇨? 제가 뭘 어쨌다고 그러시는 거예요?"

"내가 말한 대로 선배님께 미리 여쭤봤으면 이런 일은 없었을 거 아냐."

"제 잘못이라는 말씀이세요?"

두 사람은 거실 구석으로 가서 작지만 날 선 목소리로 신경전을 벌였다. 다른 스태프들이 홍식의 눈치를 보며 어쩔 줄 몰라 했다. 신경전이 계속되자 미희가 불편함을 참지 못하고 최 피디에게 말했다.

"그냥 촬영해요. 저는 촬영하는 거 괜찮아요. 새해 첫날부터 무거운 거 들고 여기까지 왔는데 아무 소득 없이 가면 속상하지. 너희는 어때? 촬영하는 거 괜찮아?"

미희의 물음에 고 서방과 아진이 고개를 끄덕였다. 아솔도 거부 의사를 표하지는 않았다.

"여보, 얼굴 나와서 좋을 게 없어."

홍식이 말리자 미희가 유쾌하게 말했다.

"당신만 디브이에 나오라는 법 있어? 나도 더 늙기 전에 티브이에 한번 출연해 보자."

그러자 찬결이 말했다.

"장모님, 이건 유튜브 촬영인데요."

"그래? 그럼 어떡하지? 나는 티브이에 나오고 싶은데?"

실망한 척하는 미희의 능청에 거실 공기가 확 풀어졌다.

"유튜브나 티브이나 그게 그거지, 뭐. 다들 오느라 고생했을 텐데 얼른 찍고 가서 쉬어요. 연휴에 고생이 많아. 우리가 뭐 하면 돼요?"

기회를 놓칠세라 최 피디가 재빨리 촬영을 지시했다.

"감사합니다. 사모님. 그냥 평소처럼 식사하시면 돼요. 저희가 알아서 찍을게요. 감독님은 선배님 중심으로 식사하는 모습 몇 컷만 담아주세요. 그리고 혹시 모르니까 선배님이랑 사모님은 마이크 채울게요."

최 피디의 지시에 모두 일사불란하게 움직였다.

"저희는 마이크 없어요?"

찬결이 식탁에 앉으며 장난스레 묻자, 메인 작가가 오디오 감독이 꺼내고 있는 붐 마이크를 가리켰다.

"다른 분들이 말씀하시는 건 이 마이크에 녹음될 거예요. 이것도 좋은 마이크니까 하고 싶은 말씀 있으면 편하게 하세요."

아내가 적극적으로 나서고 자식들도 재밌어하는 것 같자 홍식도 더는 촬영을 거부하지 못하고 철용이 채워주는 마이크를 찼다. 최 피디와 메인 작가는 어느새 다시 한편이 되어 촬영을 논의하고 있었다. 카메라 앞에서 어색하게 떡국을 먹는 촬영이 끝나자 최 피디가 인터뷰도 할 수 있냐고 미희에게 물었다. 죄송하다고 하면서도 원하는 걸 얻을 때까지 무례한 요구를 멈추지 않는 게 방송 쪽 사람들의 습성이란 걸 알고는 있었지만 이건 정도가 지나쳤다. 홍식이 한마디 하려는데 아내와 고 서방이 벌써 고개를 끄덕이고 있었다. 촬영 구경이 재밌는지 아진도 괜찮다고 했다.

"아솔 씨는 어떠세요?"

최 피디가 민재에게 이유식을 먹이고 있는 아솔에게 물었다.

"솔직하게 해도 돼요? 제작진이 원하는 대로 말하는 게 아니라?"

최 피디가 그럴수록 좋다고 하자, 아솔은 그럼 하겠다며 어려운 부탁을 들어주기로 한 거래처 직원처럼 도도하게 말했다.

인터뷰 촬영은 거실에서 했다. 카메라를 정면에 두고 아솔과 찬결, 아진이 소파에 나란히 앉았고, 미희가 오른쪽에 있는 1인용 소파에 앉았다. 홍식은 식탁 의자를 가져와서 베란다를 등지고 앉았다. 밥을 먹을 때보단 덜했지만 다들 카메라 앞에서 이야기하는 게 어색해 얼굴이 굳어 있었다. 다행히 최 피디가 실없는 농담을 섞어가며 대화를 능숙하게 이끌었고, 찬결도 최 피디의 말에 연신 맞장구를 치며 분위기를 띄웠다.

"사위분이 야구를 좋아하시나 봐요."

"네, 아내도 야구 모임에서 만났어요."

찬결이 아솔을 쳐다보며 말했다.

"그럼 장인어른이 심판이셔서 좋으셨겠어요."

"영광이죠. 요즘 야구 티켓 구하기 어려운 거 아시죠? 장인어른이 가끔 한국시리즈 티켓도 구해주세요. 제가 결혼을 잘했죠."

"경기 뒷이야기도 많이 해주시나요? 혹시 들은 이야기 중에 인상적인 게 있으면 한두 가지만 말씀해 주세요."

"장인어른이 경기 뒷이야기는 절대 안 하세요. 야구계 소문이 궁금해서 여쭤보면 무조건 모른다고 하시고요. 알아도 말 못 하니까 물어보지 말라고 하시는데, 제 입이 좀 가벼워 보이나 봐요. 전 집에서 육아만 해서 어디 이야기할 데도 없거든요. 일주일에 한 번 야구장 가는 게 다고, 야구 커뮤니티도 잘 안 들어가는데…."

남편의 말이 딴 데로 샐 것 같자 아솔이 찬결의 팔을 살짝 잡아당겼다.

"아냐. 아빠는 우리한테도 그런 이야기 잘 안 해. 민감한 이야기는 엄마한테만 해."

아솔이 자신을 언급하는 걸 듣고 홍식은 아솔의 화가 풀린 걸 알았다. 집을 방문한 것 자체가 화해하고 싶다는 신호였는지도 모르겠다는 생각도 했다.

"아버지가 심판이면 어떠세요? 두 분 다 야구장에 자주 가셨겠네요."

"저는 어릴 때만 좀 갔고 요즘엔 아예 안 가요. 야구도 잘 안 봐요."

아진은 중학생 때 친구들과 야구장에 갔다가 주변 사람들이 아버지에게 쌍욕 하는 걸 들은 후로 야구장에 가지 않는다고 말했다. 아솔은 똑같은 경험을 했지만 그런 사람들 때문에 일부러 더 자주 야구장에 간다고 했다.

"말도 안 되는 걸로 심판 욕하는 사람 있으면 제가 은근히 말해요. 그 정도는 아니지 않아요? 저건 심판이 정확하게 본 것 같은데? 막 그런 식으로 두어 번 말하면 관중석 분위기가 살짝 바뀌거든요."

홍식은 처음 듣는 이야기였다. 아내는 알고 있었는지 웃으며 말을 보탰다.

"애들이 어릴 때는 야구장에 자주 갔어요. 아솔이는 자리에 앉자마자 주변 사람들한테 저기 있는 심판이 우리 아빠라고 자랑부터 했어요. 그러면 사람들이 심판 욕을 안 해요. 심판 딸이 와 있는 걸 아니까 꾹 참는 거죠. 덕분에 저는 남편 욕하는 소리를 안 들어서 좋았어요. 나중엔 일부러 아솔이를 쿡쿡 찔렀다니까요. 아솔아, 아빠 어딨지? 아빠 찾아봐."

"뭐야? 엄마가 조종한 거였어?"

아솔의 외침에 모두 웃음을 터뜨렸다. 홍식도 환하게 웃었다.

"속상한 일도 많으셨을 것 같아요. 욕먹는 게 일인 직업이잖아요."

최 피디의 말에 찬결은 장인어른을 욕하는 댓글을 발견하면 심판도 사람이라고, 실수는 지적해도 인격 모독은 하지 말라는 답글을 꼭 단다고 했다. 아진은 야구를 좋아하는 애들한테는 아버지가 심판인 걸 숨긴다고 했고, 아솔은 야구팬들이 아빠의 본모습을 모르는 게 아쉽다고 했다.

"아빠가 먹살 심판으로 유명하잖아요. 그거 때문에 무데뽀 심판이나 억지 쓰는 심판으로 오해를 많이 받는데, 아시겠지만 저희 아빠가 심판 중에서 비디오판독 번복률이 가장 낮아요. 오심도 적은 편이고요. 야구에 관해선 고집불통인 면도 있고 물불 안 가리고 덤벼드는 경향도 있으시지만, 평소에는 그런 성격이 아니세요. 특히 엄마한테는 얼마나 다정하시다고요. 아빠의 본모습을 알고 있으니까 저는 자랑스럽게 이야기해요. 내가 박홍식 심판 딸이라고요."

화가 완전히 풀렸는지 아솔은 그렇게 말한 후 홍식의 눈을 지

그시 쳐다봤다. 홍식은 코끝이 시큰거렸다.

내가 사랑하는 딸이 나를 자랑스러워하는구나.

아빠라면 질색하는 딸 때문에 상처 입은 남자들의 하소연을 자주 들었으므로 홍식은 그게 얼마나 감사한 일인지 알고 있었다. 냉전 후에 들은 말이라 감동이 더 컸다. 딸의 버릇을 고쳐놓겠다고 고집부렸던 게 후회되었다.

"저도 아버지가 부끄러워서 숨기는 건 아니에요. 그냥 서로 곤란한 상황이 생길까 봐 말 안 하는 것뿐이에요."

누나의 이야기에 아진이 변명하듯 말했다.

"야구팬들은 자기가 응원하는 팀에 불리한 판정이 나오면 심판이 매수당했다고 욕하잖아요. 이제는 그런 댓글 봐도 상처받진 않아요. 아버지가 얼마나 성실하고 정직한 분이신지 누구보다 제가 잘 아니까요. 아버지는 요즘도 아침마다 야구규칙서를 읽으세요. 특히 심판원에 대한 일반지시는 거의 주기도문 수준으로 반복해서 읽으세요. 아마 다 외우실걸요? 심판의 태도에 관한 내용인데, 저한테 잔소리하실 때 꼭 거기 있는 구절을 인용하세요. 재경기를 치르는 것보다 10분간 경기를 묶어두는 게 낫다, 확신이 없으면 동료에게 도움을 청해라. 저도 다 외울 정도니까요. 아무튼 좀 무식하게 일하는 타입이세요. 이번 대결도 무식하게 하고 계시죠? 안 봐도 뻔해요."

"내가 무식해?"

홍식이 억울한 척하자 또 한 번 웃음이 터졌다. 자식들이 카메라를 의식해 좋은 말만 하고 있단 걸 알면서도 홍식은 인터뷰에 스며 있는 자신을 향한 애정에 감격했다. 존경받는 가장으로서의 면모를 보이게 된 것도 만족스러웠다.

"무식하지. 남편은 정말 무식할 정도로 참아요. 주심이 공에 자주 맞잖아요. 마스크를 쓰고 있어도 그게 충격이 얼마나 커요. 이 사람은 하도 많이 맞아서 턱이 고장 났어요. 고기 같은 거 씹으면 턱에서 삐걱삐걱 소리가 난다니까요. 여름마다 등이랑 배에 땀띠가 얼마나 많은지 아세요? 멍은 기본이에요. 한 번은 공에 맞아서 왼팔 뼈에 금이 갔는데 무식하게 참다가 고질병이 돼서 지금도 비만 오면 쑤신다고 만날 파스 붙여달라 그래요. 무식해요, 무식해."

미희가 흉을 보는 척하며 심판으로서 겪는 고충을 이야기하자 최 피디가 흡족한 기색을 보였다.

"그럼 이번에 대결한다고 하셨을 때는 어떠셨어요?"

그것 때문에 홍식과 아솔 사이에 불화가 있었단 걸 아는 사람들이 침묵했다. 당사자인 아솔이 침묵을 깼다.

"제가 엄청 반대했어요."

"왜요?"

최 피디가 흥미를 보였다.

"아빠는 얻을 게 없는 대결이잖아요. ABS가 자리 잡은 마당에 왜 이런 대결을 하는지 이해가 안 됐어요. 솔직히 지금도 잘 이해가 안 돼요."

"왜 얻을 게 없어? 장인어른이 이기시면 상금이 있잖아. 심판 명예를 높일 수도 있고."

"질 수도 있잖아. 지면 어떡해? 시대가 변했는데 그걸 못 받아들이고 과거의 영광에 매달리는 것만큼 추한 것도 없어."

아솔이 냉소적으로 말하자 찬결이 눈을 찌푸렸다.

"당신 말이 좀 심해."

"아솔 씨, 이 프로젝트는 그런 대결이 아니에요. 인간이 심판 보던 시절이 좋았다고 매달리는 게 아니라 질문을 던지려는 거예요. 예능처럼 보이겠지만, 심판의 핵심 직무를 너무 쉽게 기계에 넘긴 건 아닌지, 야구와 컴퓨터 게임은 뭐가 다른지, 야구의 진정한 재미는 무엇인지, 그런 질문을 던지려는 프로젝트예요."

최 피디가 프로젝트의 의의를 계속 설명했고, 아솔은 그렇다 하더라도 아빠가 감수할 게 너무 많은 대결이라고 걱정을 계속했다.

홍식은 두 사람의 대화를 듣고 있지 않았다. 과거의 영광에 매달리는 것만큼 추한 게 없다는 아솔의 말을 들은 후부터 어떤 말도 귀에 들어오지 않았다.

추해? 이 대결이 추해? 내가 추해 보여?

제작진은 아장아장 걷는 민재를 가운데에 앉혀두고 응원의 말까지 촬영한 뒤 해가 저물 무렵에야 돌아갔다. 제작진을 배웅한 미희는 촬영이 힘들었는지 고개를 절레절레 흔들며 소파에 누웠다. 아솔은 냉전을 까맣게 잊었는지 홍식의 팔짱을 끼며 이왕 하는 거 꼭 이겨서 맛있는 거 사달라며 애교를 떨었다. 홍식은 대결에서 져도 맛있는 건 사주겠다며 먹고 싶은 게 있으면 뭐든 말하라고 큰소리쳤다. 추해 보인다는 말의 의미를 따져 묻진 않았다. 그런 말 한마디에 휘청이는 사람이란 걸 딸에게 들키고 싶지 않았다.

대결을 열하루 앞둔 월요일 저녁 6시에 첫 번째 영상이 공개되었다. 준호가 홍식을 포함한 여러 심판과 야구인을 만나 프로젝트를 설명하고 대결을 제안하는 내용이 담긴 15분 28초짜리 영상이었다. 제작진이 장담한 대로 깔끔한 촬영과 세련된 편집으로 밀도 높게 만들어진 영상이었다. 유명한 야구인들의 출연이나 고민 끝에 제안을 수락하는 홍식의 모습도 눈길을 끌었지만, 가장 돋보인 건 이 대결과 야구를 향한 준호의 열정이었다. 오랜만에 준호를 본 타이푼 팬들이 폭발적으로 반응했다. 비시즌 동안 볼 만한 야구 콘텐츠가 없어 구단 유튜브 영상만 기다리고 있던 타 구단 팬들도 흥미를 보였다.

대결 형식의 긴장감 있는 콘텐츠가 먹힐 거란 제작진의 예상은 적중했다. 첫 영상은 반나절 만에 조회수 50만을 넘겼고, 1,013개의 댓글이 달렸다. 준호가 돌아왔다는 댓글이 가장 많은 '좋아요'를 받았다. 느슨하던 야구 유튜브계의 기강을 잡는 기획이라는 댓글이 그다음으로 많은 '좋아요'를 받았다. 긍정적인 반응만 있는 건 아니었다. 김준호 선수가 이런 프로젝트를 하는 건 좋지만 멱살 심판이 주인공인 게 아쉽다는 댓글과 죽은 자식 불알 만지기도 아니고 이제 와서 이런 대결을 뭐 하러 하냐는 댓글에도 수백 개의 '좋아요'가 눌려 있었다. 한국시리즈에서 오심했으면 집에서 조용히 근신이나 하지 어디서 나대냐는 댓글에는 172개의 '좋아요'가 눌려 있었다. 그래도 대체로는 새로운 판이 벌어진 걸 반기며 이 판에서 벌어질 잔치가 기대만큼 자극적이길 응원하는 분위기였다.

"선배님, 대박이에요."

1편의 반응을 확인한 준호가 흥분한 목소리로 홍식에게 전화했다.

"이 정도 추세면 100만은 물론 200만도 넘을 것 같아요."

평정심을 유지하는 데 방해가 될 것 같아 일부러 영상을 보지 않고 있던 홍식은 준호의 전화를 받고 '준호만세'에 들어갔다가 영상 제목을 보고 깜짝 놀랐다. '멱살 심판과 로봇 심판의 맞짱'이라니. 게다가 섬네일은 홍식이 선수의 멱살을 잡은 사진이었다. 급하게 영상을 확인해 보니 술자리에서 했던 이야기가 나오진 않았다. 하지만 멱살 사건의 정황과 함께 홍식에게 멱살 잡혔던, 지금은 은퇴해서 막창 가게를 하는 선수의 인터뷰가 나왔다.

"그때는 제가 철이 없었어요. 멱살 잡힐 만했죠. 늦었지만 지금이라도 심판님께 죄송했다고 사과드리고 싶어요."

사과 영상이라기보다는 막창집 홍보 영상 같은 그 인터뷰를 보자마자 홍식은 최 피디에게 전화했다. 최 피디는 회의 중이라 통화가 어렵다며 잠시 뒤에 연락하겠다는 문자를 보내고는 한 시간이 넘도록 전화하지 않았다. 화가 점점 치밀어 오른 홍식은 당장 영상을 수정하라고 최 피디에게 문자를 보냈다. 잠시 뒤 철용에게 전화가 왔다. 멱살 사건을 왜 넣었냐고 홍식이 씩씩거리자, 선배님의 불명예를 풀어드리려는 의도였다고 철용이 해명했다.

"멱살 잡는 사진을 대문짝만 하게 걸어놓고도 그런 말이 나와? 그리고 최 피디한테 연락했는데 왜 네가 전화해?"

"지금 피디님이 바쁘셔서요."

"최 피디한테 전해. 당장 연락 안 하면 대결이고 뭐고 없을 거라고."

두 시간 후 최 피디가 준호와 함께 홍식의 집에 찾아왔다. 오래전 사건이라 멱살 사건을 모르는 사람도 많은데 이 영상 때문에 다 알게 됐다며 홍식이 화를 내자, 준호가 댓글을 보여주며 홍식을 달랬다.

"병훈이 형이 인터뷰를 잘해줘서 선배님에 대한 오해를 풀었다는 반응이 더 많아요. 제목만 보고 화내실 일이 아니에요."

"반응이 뭐가 중요해. 나는 그 사건을 언급하는 것 자체가 싫어. 내 인생에서 가장 지우고 싶은 기억이야. 최 피디, 말해봐. 영상 수정할 수 있지?"

죄인처럼 고개를 숙인 최 피디가 고개를 들지 않고 말했다.

"그게 조회수가 이미 너무 많이 나와서요. 영상을 수정해서 새로 올리면 쌓인 조회수랑 댓글이 다 날아가는데…. 죄송해요, 선배님. 술자리에서 편하게 말씀하셔서 이 정도로 싫어하실 줄은 몰랐어요. 2편부터는 영상 공개하기 전에 미리 보여드릴게요. 정말 죄송해요."

최 피디는 요구를 하나도 들어주지 않고 죄송하다고만 했다. 준호는 이게 다 자기 잘못이라며 한 번만 용서해 달라고 했다.

"이미 볼 사람은 다 봤는데 멱살 이야기만 도려내면 오히려 더 화제가 될 수도 있어요."

이제 와서 수정하는 게 큰 의미 없단 건 홍식도 알고 있었다. 단순 변심으로 촬영을 중단할 시 출연료의 열 배를 위약금으로 지급해야 한다는 계약 조건도 신경 쓰였다. 두 사람이 쩔쩔매며 계속 사과하자 조금씩 홍식의 화가 풀렸다.

"내가 그때 하도 호되게 당해서 그래. 멱살이란 말만 들어도 심장이 벌렁거려."

"저라도 그랬을 거예요. 10년 전에 한 실책이 10년 뒤에도 회자되면 끔찍하죠. 최 피디가 야구를 안 해서 그런 걸 잘 몰랐나 봐요. 그래도 모르면 선배님께 여쭤봤어야지."

홍식이 누그러지자 준호가 나서서 최 피디를 구박했다.

"죄송합니다."

최 피디는 내내 고개를 숙이고 있다가 미희가 차와 과일을 내왔을 때야 고개를 들었다.

불편하기만 한 첫 번째 영상이 수정 없이 조회수를 축적하는 동안 홍식은 평소처럼 아침 일찍 일어나 훈련하고 훈련하고 또 훈련했다. 1편의 조회수가 200만을 넘자 최 피디의 고개가 다시 빳빳해졌다. 철용은 사람들이 자기가 쓴 자막을 좋아한다며 히

죽히죽 웃었다. 메인 작가는 다음 주에 있을 대결을 취재하고 싶다는 기자들의 연락과 광고 문의가 쏟아지고 있다며 대결 결과와 상관없이 이 프로젝트는 이미 성공한 거나 다름없다고 했다. 조회수에 목숨 건 제작진과 달리 대결 결과에 28년간 쌓아온 명예를 전부 건 홍식은 조회수가 늘어날수록 긴장과 불안으로 몸을 떨었다.

 대결까지 일주일 남은 날 저녁, 훈련을 마치고 집에 온 홍식은 그날도 아내를 붙잡고 불안을 쏟아냈다. 미희는 한 시간 넘게 이어진 남편의 말을 어느 때보다 집중해서 들어주었다. 대결이 얼마 남지 않아 그러는 줄 알았는데 아니었다. 소설 창작 워크숍이 끝나서 그런 거였다.
 "너무 홀가분해."
 미희가 그 사실을 고하며 싱크대 앞에서 엉덩이를 흔들었다.
 "소설도 다 썼어?"
 식탁에 앉아 목을 축이며 홍식이 물었다.
 "응, 다 썼어. 일단은."
 "어떤 내용인데?"

"그냥 평범한 내용이야. 내가 평범한 사람이니까."

"축하해."

"축하는 무슨, 그냥 일기처럼 쓴 거야."

"그래도 뭔가를 마무리했단 건 축하받을 일이잖아."

"고마워. 당신도 대결 마무리하면 같이 축하하자. 어디 근사한 데 가서 저녁이라도 먹을까?"

"대결 보러 올 거야?"

"응, 안 그래도 작가한테 연락이 왔어. 아진이랑 같이 가려고. 2시까지 오라고 하던데, 당신은 일찍 갈 거지?"

"응, 난 아침 일찍 갈 거야."

"다른 심판들도 와?"

"광태랑 몇 명 올 거야. 걔들은 신났어. 이걸로 심판이 주목받으니까 좋은가 봐. 내가 100개 다 맞춰서 사람들이 찍소리도 못하면 좋겠대. 지들끼리 내기도 했나 봐. 오십 개수 맞히는 걸로. 광태는 두 개에 걸었다고 다 맞힐 것 같으면 마지막에 일부러 두 개만 틀려달래. 그러면 자기가 거하게 한턱내겠다고. 그게 말이 돼? 일부러 틀리라는 게? 내가 친해서 참긴 했지만…."

미희는 홍식의 이야기를 들으며 전복죽을 끓였다. 긴장하면 소화가 안 되는 남편을 위해 자주 만드는 메뉴였다.

"내가 오늘 누구 만나고 왔는지 알아?"

전복이 잔뜩 든 대접을 홍식 앞에 내려놓으며 미희가 말했다.

"누굴 만났는데?"

홍식이 나무 숟가락으로 죽을 뜨고 입으로 후후 불었다.

"우리 선생님 만나고 왔어. 유정혜 작가."

"워크숍 다 끝났다며?"

"응, 근데 어제 선생님이 갑자기 연락해서 점심을 사주겠다는 거야. 최근에 무슨 상을 받았대. 다른 수강생들도 같이 만나는 거냐고 하니까 아니래. 나만 사주겠대. 그래서 뭐, 나쁠 건 없잖아. 선생님이랑 따로 보는 게."

종로에 있는 퓨전 한정식집에서 만난 선생은 권위 있는 문학상을 받고 상금도 꽤 많이 받았는데, 상을 받고 가장 먼저 생각난 사람이 가족이나 친구가 아니라 미희였다고 했다. 미희가 온라인 서점마다 정성스레 리뷰를 써준 덕분에 앞으로 10년은 너끈히 글 쓸 힘을 얻었다고 하면서. 자기가 쓴 리뷰인지 어떻게 알았냐고 미희가 묻자, 원래 자기 책에는 리뷰가 거의 안 달리는데 워크숍을 시작한 후에 리뷰가 달리기 시작해서 수강생 중 한 명이 쓴 거라고 짐작만 하다가 과제로 제출한 소설을 읽고 미희인 걸 확신했다고 했다. 짧고 단순한 문체나 항상 질문으로 문단을 끝내는 습관 같은 게 리뷰와 동일했다고, 미희 가방에 자기 책이 있는 걸 본 적도 있다고 했다. 다른 책엔 대체로 좋은 평을 적었지만 상을 받았다는 최근작 《숟가락》은 별을 세 개만 주고 너무 어려워서 무슨 이야기인지 모르겠다는 평을 남겼다고 미희가 고백하자, 선생은 괜찮다고 하면서 그런 리뷰는 책을 많이 읽는 독자들에게 도전 의식을 불러일으켜 의외로 책 판매에 도움이 되기도 한다고 했다. 그러면서 수업 중엔 다른 수강생들이 있어서 말하지 못했는데 이번 워크숍에서 나온 소설 중 미희가 쓴 소설이 제일 좋았다며 조금만 더 손봐서 어디 공모전에라도 출품해 보라고 권했다고 했다.

"자기는 꼬인 글밖에 못 쓰는데 내가 쓴 글은 반듯해서 좋았대. 자기는 그렇게 쓰고 싶어도 못 쓴대. 진심으로 하는 말 같았어. 자기가 쓴 소설이 현학적이라는 평을 들을 때 가장 부끄러운데 그렇게 쓰지 않으려고 해도 잘 안 된대. 그래서 그런 자신을 받아들이기로 하고 쓴 소설이 이번 책이래. 여자 주인공이 이사 간 집 천장에 숟가락 하나가 대롱대롱 매달려 있는 걸 발견하면서 시작되는 장편소설이거든. 근데 그때부터 계속 숟가락 이야기만 나와. 나는 그게 왜 거기 매달려 있는지가 궁금한데, 숟가락에 묻은 밥풀이 이러쿵저러쿵, 어릴 때 숟가락으로 팠던 땅이 이러쿵저러쿵하면서 엉뚱한 이야기가 계속 나와. 나는 세 번이나 읽었는데도 무슨 이야긴지 모르겠던데 그걸로 상을 받았다니 다행이지, 뭐. 우리 선생님이 좀 헐렁한 구석이 있어서 걱정했는데 일대일로 만나서 이야기해 보니까 사람이 아주 단단해. 괜한 걱정을 했어."

미희는 선생이 단단한 사람인 게 아쉬운 것처럼 입맛을 다셨다.

"나도 보여줘. 당신이 쓴 소설."

홍식이 나무 숟가락으로 죽을 긁어모으며 말했다.

"안 돼. 너무 유치해."

"선생이 좋다고 했다며?"

"원래 이런 수업에선 칭찬만 해. 처음엔 수강생이 열두 명이 었는데 다섯 명이 이 핑계 저 핑계 대면서 떨어져 나갔고, 남은 수강생 중에서 네 명만 소설을 써 갔거든. 그중 두 명은 문창과 출신이고, 나머지 한 명은 대학을 갓 졸업한 20대야. 쉰 넘은 아줌마가 대충 수업만 듣고 갈 줄 알았는데 과제까지 제출하니까 대견해서 한 말일 거야. 아직 너무 부족해."

부족하다고 말은 했지만 홍식이 보기에 미희는 소설을 다듬어 공모전에 출품할 기대로 들떠 있는 것 같았다. 아이들을 키울 때처럼, 집을 사려고 알뜰살뜰 살림할 때처럼 소설 쓰기에도 의욕을 보이는 것 같았다.

나도 잘해보자. 침착하기만 하면 충분히 이길 수 있어.

그날 밤 홍식은 반신욕을 하고 평소보다 일찍 잠들었다가 아내가 들어오는 기척에 깼다. 새벽 3시였다. 다시 자려고 눈을 감았는데 한참 동안 잠이 오지 않았다. 멀뚱히 누워 있으니 대결 생각으로 몸이 점점 굳는 것 같아 따뜻한 물이라도 마시려고 부엌에 갔다가 식탁 한편에 올려져 있는 A4 용지 묶음을 봤다. 첫 장에 제목과 이름이 적혀 있었다. 〈홍시〉, 심미희. 아내가 쓴 소설이었다. 제목이 홍시란 걸 안 이상 그냥 지나칠 수 없었다. 홍식은 물을 한 잔 마신 후 식탁에 앉아 A4 용지 다섯 장 분량의 단편소설을 단숨에 읽었다. 그리고 아침까지 잠들지 못했다.

소설은 어여쁜 빛깔에 반해 시장에서 홍시를 한 박스나 산 중년 여성이 학원에 다녀온 딸에게 홍시를 권하는 장면으로 시작했다. 딸은 물컹한 식감이 싫다며 홍시 먹기를 거부했다. 다음 장면에선 화자의 남편이 등장했다.

퇴근한 남편이 딸에게 말했다.
"너도 이제부터 엄마, 아빠한테 존댓말을 써."
"갑자기?"
소영이가 황당해했다.
"고등학생이 됐으니까 예의를 갖춰야지."

"반말이 예의 없는 거였어? 그럼 처음부터 존댓말을 쓰라고 하지 왜 이제 와서 갑자기 존댓말을 하래."

"아빠가 하라면 해."

남편이 단호하게 말했고, 소영이 방문을 쾅 닫았다.

남편은 종종 대우받고 싶어 했다. 밖에서 무시당하고 온 날 특히 그랬다. 상사에게 밥값도 못한다는 말을 들었을 때는 아침밥을 차려달라고 했다. 고객이 뱉은 침을 맞은 날엔 퇴근 시간에 맞춰 목욕물을 받아달라고 했다. 소영에게 존댓말을 쓰라고 한 것도 젊은 여성 고객에게 반말을 들어서 그런 거였다.

남편은 나약한 사람이다. 나는 남편이 원하는 대로 다 해주었다. 소영이도 그래야 할까?

소설 속 남편의 직업은 야구 심판이 아니라 은행원이었다. 하지만 홍식은 이 남자가 자신을 반영한 인물이란 걸 확신했다. 딸에게 존댓말을 쓰라고 한 적은 없지만 아내에게 아침밥을 차려달라고 한 적은 있었다. 집에 도착하는 시간에 맞춰 목욕물을 받아달라고 한 적도 있었다. 그걸 대우받으려는 걸로 본 거야? 홍식은 혼란스러웠다. 소설 속 화자와 달리 아내는 아침밥을 꼬박꼬박 차려주지 않았다. 목욕물을 받아준 적은 있으나 딱 한 번이었다. 그렇다고 불평하거나 화를 낸 적도 없는데 나를 그런 남자,

밖에서 당한 무시를 가족들에게 푸는 못난 남자로 그리다니….

홍식이 가장 충격을 받은 건 나약한 사람이라는 표현이었다. 내가 나약하다고 생각한 거야? 미희는 평소 성실하고 책임감 강한 남편이 있어서 든든하다는 말을 자주 했다. 심하게 다툴 때도 이기적이란 말을 한 적은 있지만 나약하다는 말을 한 적은 없었다. 소설을 읽은 홍식은 아내가 자신을 나약하다고 생각한다는 것과 그것이 홍식의 진짜 약점이라고 여기기 때문에 지난 30년 동안 한 번도 그런 말을 입에 올리지 않았단 걸 알았다. 결혼 후 있었던 온갖 일들이 재해석되기 시작했다. 아이들이 학교에 들어가자 생활비가 부족해서가 아니라 집에만 있기 심심해서라며 계약직으로 일을 다시 시작했던 것, 아파트를 살 때 장모님이 도와준 걸 비밀로 하자고 했던 것, 출장을 마치고 집에 가면 엘리베이터 앞까지 마중을 나와줬던 것, 홍식이 아이들과 다투면 늘 아빠 말이 맞다고 해줬던 것까지 전부.

존경받고 있다고 생각했는데 대우를 받고 있었구나. 남편이라는 이유로, 아버지란 이유로, 나약하다는 이유로.

소설은 뜬금없이 홍시에 대한 찬사로 이어졌다. 홍시의 달콤함, 홍시의 부드러움, 홍시의 고운 빛깔에 대한 화자의 찬사가 길게 나온 후 다시 딸에게 홍시를 권하는 짧은 대화가 나왔다.

"하나만 먹어. 네가 안 먹으면 엄마 혼자 한 박스 다 먹어야 해."
"아빠랑 같이 먹으면 되잖아."
"아빠는 홍시 싫어해."
"아빠 단 거 좋아하잖아. 홍시는 왜 싫어한대?"
"동족 살해."

그리고 딸이 좋아하는 단감 이야기가 길게 이어졌다. 단단하고 아삭한 식감, 떫을지도 모른다는 두려움을 안고 한 입 베어 무는 순간 입안에 퍼지는 달콤함에 대한 칭송과 함께 단감의 유래와 효능에 대한 정보성 이야기가 줄줄이 나왔다. 이 역시 뜬금없었지만 홍시와 단감이 사람의 성격을 비유하고 있단 건 소설을 읽는 누구나 알 수 있었다. 홍시를 좋아하는 엄마와 단감을 좋아하는 딸의 대화는 아빠에 대한 딸의 불만으로 이어졌다. 아빠에 대한 시시콜콜한 불만을 한참 토로한 딸이 엄마에게 물었다.

"엄마는 아빠가 왜 좋아? 엄마만 보면 징징거리는데 짜증 나지 않아?"
"화나면 다른 사람을 때리는 게 아니라 자기가 터져버리는 남자라서 좋아."
"때리는 남자를 만난 적 있어?"

"있었지."

"누구?"

"네 외할아버지."

소설은 거기서 끝났다.

아내가 아홉 살 때 장모가 이혼했단 건 홍식도 알고 있었다. 이혼이 큰 흠이던 시절에 오죽하면 이혼했을까 싶어 사유를 묻지는 않았다. 외도나 폭력 둘 중 하나일 거라 짐작만 하고 있었다.

역시 폭력이었나. 아버지의 폭력 때문에 나약한 남자를 좋아한 건가?

홍식은 아내가 쓴 게 소설이란 걸 알고 있었다. 여기에 나온 내용을 사실로 받아들여선 안 된다는 것도. 그러나 소설을 읽고 나자 한 번도 만나본 적 없는 장인이 아내를 때리는 사람이었을 거라는 확신이 강하게 들었다. 그렇게 생각하지 않을 도리가 없었다. 그리고 심란해졌다. 허구와 과장이 섞여 있긴 하지만 화자가 은행원 남편을 보는 시선엔 분명 아내가 자신을 보는 관점과 평가가 투영되어 있었다. 벌거벗겨진 채 백색의 수술대에 오른 기분이었다. 더 심란한 건 수술대에 오른 자신을 보고 있는 사람이 또 있단 사실이었다. 마지막 장 여백에 아내를 가르친 선생의 손 글씨가 적혀 있었다.

인물의 성격을 감에 비유한 것이 흥미롭습니다. 엄마와 딸의 취향이 다른 것도 재밌고요. 전개 방식을 매끄럽게 수정하고, 수업 시간에 말씀하셨던 남편의 에피소드를 추가하거나 홍시 같은 남편이 좀 더 등장하면 재밌겠네요. 그리고 이건 순전히 저의 개인적인 생각인데요. 저는 소영처럼 홍시를 좋아하지 않아서인지 화자가 홍시 같은 남편에게 너무 관대하다는 생각이 들어요. 화가 나면 터져버리는 사람이 정말 괜찮은가요? (물론 때리는 사람보다는 낫다고 생각합니다만!) 터진 홍시를 치우는 것만큼 짜증 나는 일도 없을 것 같은데요. 그와 관련해서도 좀 더 고민하셔서 주제를 뾰족하게 만들면 좋겠습니다. 긴 시간 고생하셨습니다.

홍식은 마취가 덜 되어서 아프다고 소리치는데도 아랑곳하지 않고 배를 가르는 무지막지한 의사를 만난 기분이었다. 턱을 괴고 한참 동안 식탁에 앉아 있다가 5시가 되어서야 안방으로 들어갔다. 아내의 규칙적인 숨소리를 들으며 잠을 청했지만 활성화된 뇌가 생각을 멈추지 않았다. 아내가 자신을 어떻게 생각하는지 알게 되었을 뿐인데, 아내가 남편이 나약해서 싫다고 한 게 아니라 나약해서 좋다고 했는데 이혼 통보라도 들은 것처럼 심장이 쿵쾅거렸다. 야구부 에이스가 된 후로 홍식은 누구에게도 나약한 사람 취급을 당하지 않았다. 2군에 있을 때도 묵묵히 운동하는 모습이 남자답다는 평가를 자주 받았다. 결혼하고, 두 아이의 아빠가 되고, 무엇보다 모든 야구 선수와 감독이 승복해야 하는 판정을 내리는 심판이 된 뒤로는 책임감 있는 가장이자 자기 일에 성실하고 믿음직한 남자란 평가를 많이 받았지 나약하다는 평가는 한 번도 받아본 적 없었다. 궁금한 게 많았지만 홍식은 아내를 깨우지는 않았다. 화가 나지도 않았다. 그럴 일이 아니라고 생각했다. 홍식은 그저 놀랐다. 나약하다는 아내의 평가에 놀랐고, 자신이 생각보다 깊이 아내에게 정신적으로 의존하고 있단 걸 깨닫고 놀랐다.

평온하게 자는 작가 지망생의 얼굴을 물끄러미 쳐다보았다. 입을 약간 벌리고 있었지만 나약해 보이진 않았다. 심판의 직업병을 살려 굳이 판정하자면 강인해 보이는 쪽에 가까웠다.

왜 어떤 사람은 나약해 보이고, 어떤 사람은 강인해 보이는 걸까?

홍식은 스탠드를 켜고 천장을 향해 반듯하게 누운 아내의 얼굴을 다시 들여다보았다. 하나의 얼굴에 여러 성질과 감정이 복잡하게 얽혀 있었다. 작지만 도톰한 입술, 둥근 콧방울, 선명한 팔자주름과 자글자글한 눈주름은 익숙한 발견이었다. 입가의 작은 흉터, 희미하게 남은 눈썹 문신, 오른쪽 귓불에 있는 점은 새로운 발견이었다. 관찰하는 시간이 길어지자 아내의 얼굴에서 아이 둘을 키워낸 여성의 강인함이 사라졌다. 늙음을 받아들인 중년의 처연함도 사라졌다. 아버지를 두려워하는 아홉 살 여자아이의 연약함만 끝까지 남아 있었다. 살짝만 건드려도 생채기가 날 것처럼 여려진 아내의 얼굴을 보며 홍식은 자책했다.

내가 나약해 보였기 때문에 미희가 지금까지 말도 못 한 거야.

한국시리즈에서 오심했을 때보다 더한 자책이 홍식을 무너뜨렸다. 오심은 돌이킬 수 없지만 아내와의 관계는 달라질 수 있다는 희망이 겨우 홍식을 일으켜 세웠다.

강인해지자. 대결에서 이기자. 아내가 기댈 수 있는 사람이 되자.

9

대결을 닷새 앞두고 두 번째 영상이 공개되었다. 준호가 현역 투수들을 섭외하는 과정, 체육관에 ABS가 설치되는 과정, 심판협회의 시즌 마무리 워크숍에 참석한 홍식의 모습과 2군 유망주가 던진 공을 모두 정확하게 판정하는 홍식의 첫 훈련이 담긴 15분짜리 영상이었다. 오랜만에 포수 마스크를 쓴 준호의 활짝 웃는 사진이 섬네일로 쓰였고, 멱살이라는 단어는 한 번도 나오지 않았다. 1편보다 빠르게 조회수가 올랐고, 더 많은 댓글이 달렸다.

역시 김준호 완전 예능 체질. 방송국 놈들이 곧 데려갈 듯.

이런 게 바로 내가 원했던 야구 유튜브다. 뭔가 의미 있는 이런 프로젝트 진짜 좋다.

꿀잼.

근데 2군 쟤는 프로 맞아? 제구력이 왜 저래? 원래 저래?

공 100개는 심판 학대다.

ㅇㅇ 아무리 많아도 50개 정도가 적당함.

내결하는 거 직관하면 재밌겠다.

감질난다고 영상을 길게 만들어달라는 댓글도 있었고, 15분이기 때문에 여러 번 봐도 재밌는 거라는 댓글도 있었다. 제작진은 그 두 개의 댓글 모두에 하트를 눌렀다. 워크숍에 참석한 홍식의 일상이나 훈련하는 모습, 그리고 다른 심판들의 인터뷰를 보고 심판의 고충을 알게 되었다는 댓글과 시즌 동안 너무 가혹하게 욕한 것을 사과하는 댓글도 있었다. 하지만 심판에게 냉혹한 태도를 보이는 사람이 여전히 더 많았다.

공 판정이 ABS로 넘어간 데는 다 이유가 있음. 그동안 지들이 한 짓을 생각해야지

그러게 진작 심판을 했어야지. 신판 짓을 하니까 이 꼴 난 거임.

스리피트라인도 맨날 고무줄 판정임. 그것도 싹 다 기계한테 넘겨라.

심판은 듣보잡 선출들이 꿀 빠는 일자리임.

연봉 적다고 징징거릴 거면 그만둬라. 하려는 사람 줄 섰다.

100개 다 맞히면 내가 저 심판 찾아가서 무릎 꿇는다.

    홍식은 멘털 관리를 위해 영상을 보지 않았다. 댓글도 읽지 않았다. 대결이 끝나면 홀가분한 마음으로 몰아 볼 작정이었다. 고 서방이 단톡방에 공유해 주는 긍정적인 댓글도 잘 확인하지 않았다. 자신을 응원하는 댓글을 보면 그들에게 떫은 패배가 아니라 달콤한 승리를 안겨줘야 한다는 부담감에 숨통이 막혔다. ABS가 자신과 똑같은 판정을 내린 걸 확인할 때만 숨통이 트였기 때문에 홍식은 눈만 뜨면 체육관으로 가 판정 훈련을 했다.

    기온이 영하 5도까지 떨어진 수요일 오후, 홍식은 차를 타고 서대문구에 있는 한 대학으로 갔다. 주차하고 운동장에 가니 똑같은 검은색 점퍼와 모자를 쓴 100여 명의 사람이 "세이프."를 외치며 양팔을 반듯하게 펼치는 동작을 반복하고 있었다. 10주간 진행되는 야구 심판 양성 일반 과정 중 기본동작을 익히는 실기 시간이었다. 판정 시 특유의 몸동작과 함께 '스트라이크'나

'아웃'을 외치는 일명 콜업은 동작이 단순하다. 하지만 충분히 훈련하지 않으면 실제 경기에서 어정쩡한 제스처를 취하거나 콜과는 다른 제스처가 나와 경기 진행을 방해할 수 있기 때문에 양성 과정 동안 기본동작만 5천 번 넘게 반복한다. 훈련이 꽤 진행되었는지 팔을 뻗는 교육생들의 동작에 절도가 있었다. 입김과 함께 터져 나오는 외침은 군인의 기합처럼 우렁찼다. 홍식은 광태에게 손을 들어 인사하고 잠시 후 특강이 진행될 교육관으로 이동했다.

절친한 후배인 광태가 심판학교 강사가 되면서 홍식도 종종 특강을 했다. 올해는 대결 때문에 바빠서 못 한다고 거절했는데, 최 피디가 심판학교를 촬영하고 싶다고 해 급하게 한 시간짜리 특강을 맡게 되었다. 지금까지는 메이저리그 경기 분석 강의를 주로 했었다. 이번에는 강의 시간이 짧은 데다 교육 막바지인 9주 차에 하는 거라 특별히 평소 예비 심판들에게 강조하고 싶었던 야구 규칙 '심판원에 대한 일반지시'를 다루기로 했다. 광태는 '준호만세'에서 하는 대결이 화제라 홍식이 무슨 말을 해도 교육생들이 좋아할 거라고 했다. 최 피디와 제작진은 아침부터 심판학교에 와서 교육생들을 인터뷰하고 수업을 촬영하고 있었다.

"선배님, 오셨어요? 피곤하시죠?"

교육관에 들어가니 카메라 세팅을 하던 최 피디가 다가와 비타민 음료를 건넸다. 대결을 이틀 앞둔 날이었다. 내일 돔구장에 가서 리허설만 하면 바로 다음 날 대결이었다. 매일 밤새우며 편집해서인지 최 피디의 낯빛이 좋지 않았다. 함께 온 철용의 낯빛도 마찬가지였다.

"저는 세팅만 좀 해놓고 편집실로 넘어가려고요. 인터뷰는 미리 다 했으니까 특강 촬영은 촬영감독이랑 철용이가 알아서 할 거예요."

"고생이 많네."

"고생은요. 선배님이 제일 고생이시죠. 양복 입으시니까 완전히 다른 사람 같으신데요. 멋지세요."

"영 어색해. 불편하고."

격식 있는 옷차림이면 좋겠다는 메인 작가의 요청에 홍식은 아솔이 결혼할 때 장만한 남색 양복을 입고 왔다. 그때보다 살이 쪄서 허리가 조금 조였다. 홍식이 바지 벨트를 한 칸 늘리는 동안 철용이 마이크를 채웠다.

"참, 여기 교육생분들도 초대하기로 했어요."

최 피디가 실기 수업을 마치고 강의실로 들어오는 교육생들을 보며 말했다.

"어디에?"

마이크 송신기를 양복 안주머니에 넣으며 홍식이 물었다.

"돔구장에요. 관중석이 완전히 비어 있는 것보단 어느 정도 차 있는 게 좋을 것 같은데, 선배님이랑 조금이라도 인연 있는 분들을 모시면 더 좋지 않을까 해서요. 오전에 여쭤봤더니 좋아하시더라고요. 다 초대할 수는 없어서 서른 분만 모시기로 했어요."

홍식은 입을 다물고 아무 대꾸도 하지 않았다. 그런 게 자신에게 어떤 부담을 주는지 말해봤자 이미 섭외해서 어쩔 수 없다며 사과만 할 게 뻔했다.

"광태 선배님이랑 다른 심판님들도 온다고 하셨어요."

"잘했어."

홍식은 그렇게 말하고 가방에서 손바닥만 한 책을 꺼냈다. 총 9장으로 구성된 공식야구규칙서였다. 심판에 관한 규칙은 8장에 적혀 있었다. 심판원의 자격 및 권한, 심판원의 재정, 심판원의 위치와 보고에 관한 규칙이 차례로 나왔고, '심판원에 대한 일반지시'가 끝에 부록처럼 딸려 있었다. 한 장 분량이었다. 야구 심판이 가져야 할 태도에 관한 일종의 잠언 같은 것이었다.

심판원은 경기장에서는 선수와 깊숙한 사담을 나누어서는 안 되고 코치석 안에 들어가거나 근무 중인 코치와 대화해서도 안 된다.
제복은 단정하게 착용하며, 경기장에서는 적극적이고 민첩한 동작을 취하여야 한다.

구단 임직원에 대하여는 항상 예의를 차려야 하나 구단 사무소를 방문하거나 특정 구단 임직원과 친밀하게 행동하는 것은 피하여야 한다.

심판원은 경기장에 입장하면 오로지 야구의 대표자로서 경기를 관장하는 일에만 전념하여야 한다.

사태가 악화됐을 때 그 사태를 해결하기 위해 최선을 다하지 않았다는 비난을 받아서는 안 된다.

항상 규칙서를 휴대하여야 한다.

분쟁이 일어났을 때 10분간 경기를 묶어두는 한이 있더라도 규칙서를 참조하면서 매듭을 푸는 것이 좋다.

홍식은 숙지하다 못해 거의 외우고 있는 일반지시를 다시 한 번 꼼꼼히 읽은 후 나무로 된 단상에 올랐다. 20대부터 60대까지 다양한 연령대의 교육생들이 홍식을 주목했다. 카메라도 돌아가기 시작했다. 광태가 먼저 마이크를 잡았다.

"추운 날 밖에서 훈련하느라 고생하셨죠? 한 주만 더 하면 수료니까 힘내시고. 지금부터 여러분들을 위해 심판학교에서 특별히 모신 선배님을 소개하겠습니다. 제가 아는 현역 심판 중에서 가장 정확하게 판정하는 심판이시고, 요즘 가장 핫한 심판이

싶니다. 다들 김준호 선수가 하는 유튜브 보셨죠? 가서 응원 댓글 좀 많이 남겨주세요. 박홍식 심판입니다."

홍식이 단상 가운데로 나가 허리를 90도로 숙이자 교육생들의 박수가 울려 퍼졌다. 대부분 남자였고, 군데군데 여자 교육생도 있었다. 심판 양성 일반 과정을 수료한 교육생은 시험에 합격하면 사회인 리그의 심판이 될 자격을 얻는다. 이후에 전문 과정을 수료하고 경기 경험을 쌓으면 프로야구 심판이 될 자격도 갖출 수 있다. 하지만 비선수 출신 심판이 꽤 있는 메이저리그와 달리 한국 프로야구 심판은 엘리트 선수 출신이 대부분이라 여기 있는 일반 과정 교육생들이 프로야구 심판이 될 가능성은 희박했다. 그러나 홍식은 프로에 있든, 동호회에 있든 한 경기의 운영을 책임지는 한 똑같은 심판이라고 생각하며 앞으로 자신과 같은 일을 하게 될 예비 심판들을 진중하게 쳐다봤다.

"여러분은 어떤 심판이 좋은 심판이라고 생각하세요?"

홍식이 인사말도 하지 않고 던진 질문에 장내가 조용해졌다.

"스트라이크존이 정확한 심판이요."

사회인 야구를 하다가 스트라이크존이 제멋대로인 심판 때문에 열받아서 심판학교에 들어왔다는 50대 남자가 말했다. 옆에 앉은 30대 자영업자가 덧붙였다.

"스트라이크존이 일정한 심판이요."

야구 유튜버라는 20대 여자는 작은 카메라를 손에 쥐고 말했다.

"편파 판정하지 않는 공정한 심판이요."

홍식이 고개를 흔들자 다시 장내가 조용해졌다.

"지금 말씀하신 내용들은 심판이라면 갖추어야 할 기본입니다. 좋은 심판의 조건이 아니에요. 스트라이크존이 들쑥날쑥하고 공을 정확하게 보지 못하는 사람은 다른 일을 찾는 게 좋습니다. 공정하지 않은 심판이나 뒷거래하는 심판은 말할 것도 없고요. 윤리 교육 시간에 들으셨겠지만, 심판은 생각보다 유혹이 많은 직업이에요. 법을 지키는 게 힘들다고 느낀 적 있는 분들은 아예 시작하지 않는 게 좋습니다. 제가 생각하는 좋은 심판은…."

홍식이 잠깐 뜸 들이자 교육생들이 호기심을 갖고 집중했다.

"경기에 생기를 불어넣는 심판입니다."

교육생들이 어리둥절한 표정을 지었다. 홍식은 손에 쥔 야구규칙서를 들어 보였다.

"생기를 불어넣다니, 그게 무슨 말인가 싶으시죠? 제가 생각한 게 아니고 이 야구규칙서에 나와 있는 내용입니다. 심판원은 경기에 생기를 불어넣어야 한다, 경기는 심판원이 활기 있고 진지하게 이끌어감으로써 효과적으로 진행될 수 있다, 심판원은 경기장 안의 유일한 공식 대표자이다."

홍식이 일부 구절을 외우면서 '심판원에 대한 일반지시' 전문을 화면에 띄우자 교육생들의 눈이 일제히 화면으로 쏠렸다. 힘을 실어 홍식이 말했다.

"우리 야구의 선배님들께서는 규칙을 지키는 것만으로는 좋은 심판이 될 수 없다고 생각하셨나 봐요. 그래서 수많은 경기를 치르며 알게 된 지혜와 교훈 같은 걸 일반지시라는 항목으로 정리해서 규칙서에 넣어주셨습니다. 매년 문구가 조금씩 달라지긴 하지만 내용은 거의 동일합니다. 생기를 불어넣어야 한다는 문구가 좀 이상하죠? 저도 처음 봤을 때는 이게 뭔가 싶었어요. 사전을 찾아보니까 생기는 싱싱하고 힘찬 기운이라고 합니다. 그런데 심판이 신도 아니고 무슨 수로 경기에 싱싱하고 힘찬 기운을 불어넣습니까? 그래서 저는 그냥 의미 없이 들어간 말이라고 생각했는데, 이 일을 오래 하다 보니까 야구 경기가 스포츠 게임이 아니라 하나의 작품처럼 느껴지더라고요. 잘못 건드렸다가 망가트리면 큰일 나는 미술 작품 같기도 하고, 주심으로 마스크를 썼을 때는 오케스트라 지휘자가 된 것 같기도 하고…. 지휘자 아시죠?"

홍식이 허공에 팔을 휘젓자 앞에 앉은 몇몇이 고개를 끄덕였다. 홍식은 목소리에 힘을 조금 더 실었다.

"저는 경기를 문제없이 진행하는 걸 넘어서 경기 분위기를 좋게, 생기 있게 만드는 심판이 좋은 심판이라고 생각합니다. 예를 들어 주심이 프로 데뷔 첫 타석에 선 신인에게 축하한다고 말하면, 그라운드 분위기가 미묘하게 좋아집니다. 홈으로 쇄도하는 선수가 다칠까 봐 배트를 치워주거나 이적했다 처음으로 친정팀을 방문한 선수에게 인사할 시간을 벌어주려고 일부러 홈 플레이트를 쓰는 것도 은근히 경기 분위기를 좋게 만들어요. 선수들이 판정에 항의할 때 심판이 보이는 태도는 경기 분위기에 꽤 많은 영향을 끼칩니다. 비디오판독 결과를 전달하는 말투도 중요해요. 나른하게 말하면 맥 빠지죠. 판사가 판결을 내리듯 단호하고 무게감 있게 말하는 게 좋습니다. 제 생각엔 이런 일들, 야구 규칙에 나와 있진 않지만 경기 분위기를 좋게 만들기 위해 심판이 할 수 있는 일들을 망라해서 생기를 불어넣는다고 표현한 게 아닌가 싶어요. 정확하고 공정하게 판정하는 건 기본이고요. 여기에도 나와 있죠."

홍식이 팔을 뻗어 화면의 한 지점을 가리켰다.

그러나 명심하라! 최고의 필요조건은 정확한 판정을 내리는 것이다. 의심스러운 바가 있으면 주저 없이 동료와 상의하라. 심판원의 권위도 중요하지만 더 중요한 것은 '정확한 것'이다.

"저도 기본을 지키지 못할 때가 많아요. 의심스러워도 일단은 내가 맞다고 우기고 싶은 게 인간인가 봐요. 그렇다고 자기를 계속 의심하기만 하면 판정을 못 내려요. 제가 좋아하는 메이저리그 심판이 있는데, 그분이 심판은 자기를 조금만 믿어야 한다고 하더라고요. 실수하지 않도록 조금만 믿되, 조금이라도 믿기는 해야 판정을 내릴 수 있다는 말이겠죠. 여러분, 심판 직무는 어렵습니다. 28년 동안 그라운드에 있었던 저도 여전히 이 일이 어렵습니다. 다행히 저희에겐 야구의 선배님들께서 남겨주신 일반지시가 있네요."

홍식은 일반지시의 항목을 하나씩 짚으면서 자신이 했던 오심의 유형과 원인, 경과를 분석했다. 평소 자주 하던 생각이어서 그런지 말이 청산유수로 나왔다. 종종 교육생들을 웃기기도 했다. 자기가 하는 말이 중요한 판정이라도 되는 양 귀 기울이는 교육생들을 보면서 홍식은 오늘 강의가 성공적이라고 확신했다. 편집실로 간다던 최 피디가 가지 않고 남아 있는 걸 보면 촬영도 성공적인지도.

"마지막으로, 심판원은 예의를 지키고 불편부당하고 엄격하게 처신하여 모든 사람들로부터 존경받아야 한다."

일반지시의 마지막 문장을 다 함께 읽는 것으로 강의가 끝났다. 교육생들의 박수가 쏟아졌다.

"다른 강의랑은 좀 달랐죠? 선배님이 도서관에서 일하는 분이랑 결혼하셔서 현역 심판 중에서 책을 가장 많이 읽으십니다. 말발이 점점 세져서 이젠 당할 사람이 없어요. 유명해지셔서 언제 또 모실 수 있을지 모르니 궁금한 거 있으면 오늘 다 물어보세요."

광태의 사회로 질의응답이 진행되었다.

"어떻게 심판이 되셨어요?"

"어떤 책을 주로 읽으세요?"

"일주일 루틴은 어떻게 되세요?"

홍식은 대부분의 질문에 쉽게 답했다.

"야구 판정이 점점 기계로 넘어가고 있잖아요. 이러다간 인간 심판이 아예 없어질 것 같은데, 그 문제에 대해선 어떻게 생각하세요?"

프로야구 심판이 되는 게 꿈이라고 밝힌 젊은 남자의 질문엔 신중하게 답했다.

"지금 우리는 어떤 기로에 서 있는 것 같아요. 변수를 해석하는 야구와 변수를 통제하는 야구의 갈림길요. 얼마 전부터 체크 스윙도 비디오판독을 실시하게 되었는데, 저희는 비디오판독을 도입할 때부터 이렇게 될 거라고 예상했어요. 처음이 어렵지, 시작만 하면 줄줄이 넘어갈 게 뻔하다고, 기계가 한 판정을 한 번이라도 경험하면 인간이 내리는 미심쩍은 판정은 못 견디게 될 거라고 예상했습니다. 아마 인간 심판에게 마지막까지 주어지는 판정은 플레이의 고의성을 해석하는 영역일 텐데요."

홍식이 심판의 미래를 전망하기 시작하자 예비 심판들의 집중력이 다시 한번 올라갔다. 예정한 강의 시간이 지났다는 걸 지적하는 사람은 아무도 없었다.

"고의낙구 규칙을 예로 들어볼게요. 다들 아시겠지만 병살이 가능한 상황에서 내야수가 충분히 잡을 수 있는 공을 일부러 떨어뜨렸을 때 타자는 아웃으로 선언하고 주자는 원래 베이스로 돌아가는 규칙인데요. 야구가 처음 생겼을 때부터 이 규칙이 있진 않았을 거예요. 스트라이크존이 처음부터 있지 않았던 것처럼요. 게임을 하다 보니 이런 행위가 반복적으로 나왔을 거고, 그게 야구의 재미를 저해한다고 생각해서 만들어진 규칙일 겁니다. 그야말로 야구의 역사가 담긴 규칙이죠. 만약 모든 판정을 기계가 하게 된다면 이 규칙은 사라지거나 바뀔 겁니다. 플레이의 고의성을 해석할 사람이 없으니까요. 빈볼이나 수비 방해도 마찬가지고요. 아, 인공지능이 발전하면 고의성을 해석할 수 있게 될지도 모르겠네요. 아무튼 그런 애매한 규칙들이 사라지면 야구가 깔끔해지긴 할 겁니다. 요즘 젊은 사람들은 컴퓨터로 하는 게임을 즐기니까 센서가 판정하는 야구를 더 재밌어할 수도 있을 거예요. 하지만, 그게 야구일까요? 야구의 역사가 지워지고 해석의 여지가 없어진 야구가 정말 야구일까요? 그렇게 되면 이 야구라는 스포츠에 새로운 이름을 붙여야 하는 건 아닐까요?"

홍식은 교육생들에게 자기 생각을 거침없이 설파했다. 약간 흥분했지만, 머릿속은 그 어느 때보다 맑았다. 그러는 동안 ABS와의 대결에서 지켜야 하는 건 심판의 권위가 아니라 자신이 사랑한 야구, 오심이 있을지언정 생기가 도는 야구 그 자체일지도 모르겠다는 생각을 했다.

"인간 심판이 언제까지 그라운드에 있을지는 저도 잘 모르겠습니다. 여러분과 제가 야구란 스포츠의 마지막을 목격하고 있는 게 아니길 바랄 뿐입니다."

다소 비애가 섞여 있었지만 그 자리에 있는 누구도 홍식의 발언을 비웃지 않았다. 스포츠에서 변수가 통제되는 건 좋은 게 아니냐는 질문이나 야구의 재미는 판정이 아니라 선수들끼리의 경쟁과 자기 한계를 넘어서려는 인간의 도전 정신에 있는 게 아니냐는 지적도 나오지 않았고, 해석을 즐기고 싶으면 책을 읽으라는 빈정거림도 나오지 않았다. 현역 심판과 심판이 되고 싶은 교육생과 인간 심판이 있는 야구만 경험한 사람들이 모인 자리였으므로 홍식이 비장하게 뱉은 마지막 말에 힘찬 박수가 쏟아졌다.

홍식은 특강을 시작했을 때처럼 허리를 90도로 숙여 인사한 후 단상에서 내려왔다. 심판의 권위를 지켜야 한다고 생각할 때는 떨리고 긴장되던 마음이 야구를 지켜야 한다고 생각하자 차분하게 가라앉는 걸 느낄 수 있었다.

야구를 지키자.

1월 23일 오전 7시. 홍식은 알람이 울리기 전에 눈을 떴다. 아직 창밖이 캄캄했다. 깊이 잠든 아내의 숨소리와 가습기 돌아가는 소리와 함께 아득한 곳에서 어떤 외침이 들렸다.
  '결전의 날이다.'
  고교 야구부 시절 대회 결승전에 나갈 때마다 주장이 외치던 말이었다. 주장이 그렇게 외치면 주장을 에워싸고 동그랗게 모인 수십 명의 부원이 허리를 숙이고 두 손을 허벅지 위에 올린 채 목이 터져라 학교 이름을 외쳤다.
  "명신! 명신! 명신!"
  간결하면서도 힘 있었던 부원들의 구호가 홍식의 귀에 들리는 듯했다.

그래, 결전의 날이지.

홍식은 오랜만에 설렘을 느끼며 침대에서 몸을 일으켰다. 동시에 외롭고 긴장되기도 했다. 그래서 이 대결을 혼자 치르는 개인전이 아니라 야구의 공격 이닝이라고 생각하기로 했다. 공격 이닝이라 혼자 타석에 나가지만 진짜로 혼자는 아니라고, 생기 있는 야구를 지키고 싶은 사람들이 더그아웃에서 나를 응원하고 있다고 생각하기로 했다.

9시가 되자 주차장에 도착했다고 철용에게 연락이 왔다. 홍식은 엘리베이터까지 따라 나온 아내의 배웅을 받으며 집을 나섰다. 내부에 세 대의 카메라가 설치된 차가 홍식을 싣고 올림픽대로를 달렸다. 홍식은 말없이 한강만 내다봤다. 목동에 들어설 즈음 철용이 촬영감독에게 신호를 주고 조심스럽게 물었다.

"선배님, 기분이 어떠세요?"

홍식은 계속 한강을 보며 답했다.

"의외로 괜찮네. 아침엔 좀 긴장했는데 심판복을 입으니까 괜찮아. 그냥 일하러 가는 것 같아."

그때까지는 정말 그랬다. 하시만 돔구장에 도착해 평소보다 훨씬 많은 카메라와 수십 명의 제작진이 자신을 주목하자 손이 가볍게 떨리기 시작했다.

홍식이 대기실에서 인터뷰하는 동안 준호가 도착했다. 원정 유니폼을 입고 온 신은섭과 고교 에이스, 준호와 같은 팀이었던 현역 투수 세 명과 다른 팀이었던 현역 투수 셋, 그리고 은퇴한 117승 투수와 사회인 야구를 하는 남자 배우까지 총 열 명의 투수도 속속 도착했다. 고교 에이스로 시작해 현역 투수와 사회인 투수와 은퇴 투수를 거쳐 국내에서 가장 구속이 빠른 신은섭을 마지막에 상대하기로 했다. 대결에 앞서 각자 개인 인터뷰를 진행한 후 그라운드에 모여 단체 토크를 했다. 공개된 영상들이 폭발적인 반응을 얻고 있어서인지 촬영장 분위기가 화기애애했다. 투수들은 색다른 곳에 소풍 온 아이들처럼 들뜬 표정이었고, 제작진의 얼굴엔 잘나가는 배를 골라 탔다는 만족이 어려 있었다. 오후에 있을 대결 때문에 초조한 사람은 이 프로젝트를 기획하고 사람들을 끌어들인 준호와 대결을 직접 해야 하는 홍식과 홍식의 노력을 모두 봐온 막내 작가뿐인 듯했다. 준호는 투수들과 유쾌하게 이야기하다가도 홍식을 보면 선배님을 사지로 내몬 것 같아 죄송하다며 착잡해했다. 홍식은 그럴 때마다 괜찮다고 웃으면서 긴장으로 떨리는 손을 감췄다.

더그아웃에 누가 있건, 누구의 응원을 받든 혼자 치르는 대결이다, 그러나 결과는 나에게만 영향을 미치지 않는다, 내가 지면 인간 심판의 입지가 좁아진다, 준호가 실망한다, 제작진에 폐를 끼친다, 이를 어쩌나, 이를 어쩌나….

홍식은 타석엔 혼자 들어서지만 결과에 대한 책임은 공동으로 지는 야구란 팀 스포츠의 잔인함을 상기하며 차라리 개인전이라 여기는 게 부담이 덜할지도 모르겠다고 생각했다. 대기실로 응원하러 온 가족을 만나자 더 긴장되어 진땀이 났다. 월차를 내고 온 아솔과 자기 생일에도 쉬지 않는 스터디를 빼먹고 온 아진과 누구보다 장인을 자랑스러워하는 고 서방을 실망시키고 싶지 않았다. 대결에 져서 자식들에게 위로받는 아버지가 되고 싶지도 않았다. 아내의 위로는 익숙했다. 하지만 아내가 자신을 어떻게 생각하는지 알게 된 이상 아내의 위로도 받고 싶지 않았다. 어떻게든 이겨서 가족이 우러러볼 수 있는 강인하고 단단한 사람이 되고 싶었다. 어떻게든 이겨서 지금의 야구를 지키고 싶었다.

대결을 한 시간 앞두고 100명의 응원단이 입장했다. 심판학교 교육생이 30명, '준호만세' 구독자가 60명, 광태를 포함한 심판이 다섯 명, 옹알이하는 민재를 포함한 가족이 다섯 명이었다. 내야석에 자리한 응원단은 1부터 100까지의 숫자가 적힌 티셔츠를 입고 있었는데, 교육생들이 앞번호였고 구독자들이 중간 번호, 심판들과 가족들이 뒷번호였다. 민재가 96번, 찬결이 97번, 아솔이 98번, 아진이 99번, 미희는 100번이었다. 오심이 나오면 그 순번의 티셔츠를 입은 응원단이 퇴장할 거라는 설명을 듣고 준호가 몸서리를 쳤다.

"잔인해. 잔인해."

자신의 판정에 한 사람의 퇴장이 걸려 있다고 생각하자 홍식은 오히려 명확한 목표가 생겨 집중력이 높아지는 느낌이었다.

대결이 시작되었다. 준호와 친한 방송사 아나운서와 레전드 은퇴 타자가 현장 중계를 맡았다.

"야구 역사상 이런 대결은 없었습니다. 로봇 심판과 인간 심판의 대결, ABS를 향한 베테랑 심판의 도전. 첫 번째 투수가 나오네요. 명신고 에이스 최재윤 선숩니다."

"박홍식 심판의 후배죠. 직구 스피드가 상당하다고 합니다."

돔구장에 중계가 희미하게 울려 퍼졌고, 줄무늬 유니폼을 입은 명신고 에이스가 마운드에 올랐다. 헬멧과 보호대를 착용한 철용이 배트를 들고 타석에 섰고, 포수 마스크를 쓴 준호가 홈플레이트 뒤에 앉았다. 명신고 에이스가 몸을 푸는 동안 홍식도 마스크를 쓰고 준호 뒤에 섰다. 명신고 에이스가 고개를 끄덕이며 준비를 마쳤다는 신호를 보냈다. 홍식은 자기도 모르게 오른손 검지를 앞으로 내밀며 경기 시작을 알릴 때처럼 크게 외쳤다.

"플레이 볼."

응원단에서 박수와 환호가 쏟아졌다. 홍식이 다리를 벌리고 몸을 낮추자 명신고 에이스가 깊게 심호흡한 후 첫 번째 공을 던졌다. 홈 플레이트 한가운데를 통과한 직구였다. 다만 너무 낮았다.

"볼."

홍식의 목소리가 스피커를 타고 돔구장에 크게 울려 퍼졌다.

"볼."

5초 후 여자 목소리의 기계음도 같은 판정을 내렸다. 그러자 1번 티셔츠를 입은 응원단이 기뻐하며 자리에서 일어나 만세를 했고, 그 모습이 전광판에 잡혔다. 홍식은 아랑곳하지 않고 다시 몸을 낮췄다. 명신고 에이스가 두 번째 공을 던졌다. 이번엔 오른쪽으로 빠지는 직구였다. 홍식과 ABS 모두 볼로 판정했다. 그러자 이번엔 2번 티셔츠를 입은 응원단이 일어나 만세를 했다. 자기 순번에 홍식이 판정을 맞히면 만세를 하는 게 응원단에 떨어진 제작진의 지령인 듯했다. 세 번째 공은 스트라이크존 정중앙으로 오는 직구였다. 홍식이 오른손을 들어 올리며 스트라이크를 외쳤고, 5초 후 여자 목소리의 기계음도 스트라이크를 외쳤다. 3번 티셔츠를 입은 응원난이 딩실덩실 춤추며 만세를 했다. 명신고 에이스는 예상대로 구속은 빨랐지만 제구가 좋지 않아 판정하기 까다로운 공은 없었다. 덕분에 홍식은 하나의 오심도 없이 첫 번째 투수가 던진 열 개의 공을 무사히 판정했다.

"박홍식 심판, 역시 베테랑입니다. 판정하는 데 거침이 없네요."

"최재윤 선수는 아무래도 첫 투수다 보니 긴장을 많이 한 것 같습니다. 가장 어리기도 하고요."

두 번째로 마운드에 올라온 투수는 준호가 은퇴하기 전까지 같은 팀에 있었던 4년 차 좌완 투수였다. 존경하는 선배님이 불러서 무슨 일인지 묻지도 않고 달려왔다는 좌완 투수는 보더라인을 맞히려고 연달아 직구만 던졌다. 스트라이크존을 벗어나는 직구가 네 개였고, 나머지는 존 안에 들어오는 명확한 스트라이크였다. 홍식은 두 번째 투수가 던진 공도 오심 없이 모두 정확히 판정했다. 20번 티셔츠를 입은 응원단이 카메라를 보며 수줍게 만세를 했다.

"기계가 따로 없어요. 박홍식 심판, 지금까지는 완벽합니다."

아나운서가 홍식을 추켜세우는 동안 세 번째 투수가 마운드에 올랐다. 스무 번째 공까지 무사히 판정하고 나자 홍식의 손 떨림이 멈췄다.

"선배님, 멋있습니다."

준호가 뒤돌아보며 엄지를 세웠다. 홍식은 언제나 투수와 한 편이던 준호가 자신을 응원하는 것에 생경함과 든든함을 느끼며 세 번째와 네 번째에 등판한 현역 투수들이 던진 공도 모두 ABS와 동일한 판정을 내렸다. 투수들이 대충 던진 건 아니었다. 투수들도 보더라인을 맞히려고 최선을 다했다. 그들의 최선보다 홍식의 눈이 더 매서웠을 뿐이었다. 다섯 번째 투수는 사회인 야구를 하는 남자 배우였다. 다른 투수들에 비해 구속이 현저히 떨어졌다. 대결의 난도를 낮추고 화제성을 높이기 위해 최 피디가 섭외한 투수였다. 아마추어 투수의 공이 눈에 익지 않은 홍식에겐 배우가 던지는 느린 공이 명신고 에이스가 던지는 공보다 판정하기 어려웠지만, 그래도 열 개의 공을 잘 판정했다. 50번 티셔츠를 입은 응원단이 일어나 크게 만세를 했다. 한 번의 오심도 없이 반환점을 도는 것에 응원단이 환호를 보냈고, 더그아웃에 앉아 있던 투수들도 존경의 박수를 보냈다.

"장인어른, 멋있어요!"

"박홍식 파이팅!"

가족과 동료 심판들도 목소리 높여 홍식을 응원했다. 홍식의 집중력은 갈수록 높아졌다. 여섯 번째 투수가 나왔을 때부터는 마운드에 선 투수의 움직임과 날아오는 공에 집중하느라 응원 소리를 거의 듣지 못했다.

"박홍식 심판, 여섯 번째 투수가 던진 열 개의 공도 모두 정확히 판정했습니다. 벌써 60개의 공 판정을 마쳤습니다. 판정하는 속도가 점점 빨라지는 것 같은데요."

"네, 너무 빨리 판정해서 쉬워 보일까 봐 걱정되는데요. 이거, 절대로 쉽지 않습니다. 공 보는 게 쉬우면 타자들이 왜 헛스윙하고 삼진 먹겠습니까? 다 볼넷 골라서 나가죠. 박홍식 심판이 정말 잘 보고 있는 겁니다. 현역 선수였으면 1년에 볼넷 100개는 기록하셨겠는데요."

홍식은 긴장을 늦추지 않았다. 훈련 때 고전했던 117승 은퇴 투수와 신은섭이 남아 있었기 때문이다.

방심하면 안 돼.

일곱 번째로 올라온 현역 투수는 주무기인 변화구를 뽐냈지만, 열심히 훈련한 덕분인지 홍식은 변화구 판정도 무난히 해냈다. 홍식이 가장 경계하는 은퇴 투수가 여덟 번째로 등장했다. 선수 때보다 살이 많이 쪄서 거의 뒤뚱거리며 마운드에 올랐다. 고무처럼 휘어지는 유연한 팔과 자로 잰 듯한 제구력은 그대로였다. 처음부터 보더라인에 걸치는 공을 던져 50만 원의 기부금을 확보했다. 홍식은 가까스로 스트라이크 판정을 맞혔다. 이어진 다섯 개의 공도 다 까다로웠는데, 다행히 보더라인에 걸치진 않아 홍식이 판정을 맞힐 수는 있었다. 문제는 일곱 번째 공부터였다. 은퇴 투수가 감을 잡았는지 그때부터 던지는 모든 공이 보더라인에 걸쳤다. 홍식은 그중 마지막 공을 볼로 판정했는데,

ABS는 스트라이크라고 판정했다. 오심이었다. 돔구장에 요란한 경고음이 길게 울려 퍼졌다. 제작진이 설치한 오심 전광판에 첫 번째 불이 켜졌고, 80번 티셔츠를 입은 젊은 여성이 몹시 아쉬워하며 밖으로 나갔다.

"첫 번째 오심이 나왔습니다. 아래쪽 모서리에 살짝 걸친 공이었는데요. 박홍식 심판은 볼이라고 판정했지만, ABS는 반응했습니다. 한 명이 퇴장했고, 이제 오심 기회는 두 번 남았습니다. 남은 공은 20개."

오심이 나오자 잠깐 술렁이던 응원단이 이내 큰 소리로 홍식을 응원했다.

"괜찮아! 괜찮아!"

홍식은 다시 집중력을 발휘해 아홉 번째로 등판한 현역 투수의 공 열 개를 모두 오심 없이 판정했다. 그리고 마지막 투수인 신은섭이 마운드에 올라 몸을 푸는 동안 마스크를 벗고 호흡을 가다듬었다.

"선배님, 다 왔어요. 다 왔어. 지금처럼만 하시면 돼요."

홍식의 집중력을 흐트러뜨리지 않으려고 준호가 속삭이듯 작은 목소리로 말했다. 홍식은 천천히 고개를 끄덕였다. 떨리진 않았다. 오히려 깊은 물속에 가라앉은 것처럼 마음이 고요했다.

마지막이다. 침착하게, 흥분하지 말고, 생각하지 말고.

홍식은 길게 숨을 내쉰 뒤 다시 마스크를 썼다. 준호도 마스크를 쓰고 홍식 앞에 쪼그려 앉았다. 철용이 배트를 들고 타격 자세를 취했다. 홍식이 다리를 벌리고 몸을 낮추자 몸을 푼 은섭이 다리를 들어 올린 후 힘껏 팔을 휘둘렀다. 시속 152킬로미터의 공이 준호와 홍식을 향해 날아왔다.

"볼."

홍식이 외쳤다. 5초 뒤 여자 목소리의 기계음도 외쳤다.

"볼."

91번 티셔츠를 입은 홍식의 동료가 두 팔을 위로 뻗으며 크게 소리쳤다.

"박홍식 파이팅!"

그러자 나머지 응원단도 다 함께 만세를 하며 "박홍식 파이팅."을 외쳤다. 앉아 있는 사람은 아무도 없었다. 응원단뿐만 아니라 투수들과 제작진도 모두 자리에서 일어나 홍식과 ABS의 마지막 대결을 지켜보고 있었다.

은섭이 두 번째 공을 던졌다. 홍식은 그 공을 스트라이크라고 판정했다. 5초 뒤 여자 목소리의 기계음도 똑같이 스트라이크라고 판정했다. 남자 목소리의 기계음이 뒤따랐다.

"보더라인."

50만 원의 기부금을 확보한 은섭은 만족스럽다는 듯 고개를 끄덕이더니 세 번째 공을 던졌다. "볼."이라고 외치는 홍식의 목소리와 "스트라이크."라고 외치는 여자 목소리의 기계음, "보더라인."이라고 외치는 남자 목소리의 기계음이 차례대로 나왔다. 다시 요란한 경고음이 울려 퍼졌다. 두 번째 오심이었다. 93번 티셔츠를 입은 중년 남자, 홍식의 절친한 동료이자 현역 심판인 광태가 풀죽은 얼굴로 퇴장했다. 오심 전광판에 불이 하나 더 켜졌고, 돔구장엔 정적이 흘렀다. 대결 내내 쉬지 않고 추임새를 넣던 준호도 그 순간엔 잠깐 침묵했다. 중계석에 앉은 아나운서만 멘트를 계속했다.

"보더라인에 걸치는 공이 연이어 나오면서 박홍식 심판의 두 번째 오심이 나왔습니다. 신은섭 선수는 유소년야구연맹 후원금 100만 원을 확보했습니다. 이제 남은 공은 일곱 개, 오심 기회는 딱 한 번 남았습니다."

마운드에 선 은섭이 홍식을 보며 난처하다는 듯 웃었다. 홍식은 그 웃음에 약간의 경멸이 담겨 있다고 느꼈다. 훈련 때 신경전을 벌인 게 조금 후회되었지만, 아직 대결이 끝난 건 아니었다. 홍식은 다시 몸을 낮추고 은섭의 투구에 집중했다. 연속으로 보더라인을 맞힌 것에 흥분했는지 은섭은 스트라이크존을 확연하게 벗어난 공을 연달아 세 개 던졌다. 홍식은 그 공들을 모두 볼로 판정했다. 남은 공은 네 개였다. 홍식은 기준점이 흐트러질까 봐 고개도 갸웃하지 않고 앞만 봤다.

예측하지 말자. 눈으로만 보자. 공 줄기를 보자.

자세를 가다듬은 은섭이 왼쪽 다리를 들어 올렸다가 오른팔을 앞으로 힘껏 뻗었다. 아까보다 구속은 떨어졌지만 낮게 잘 깔린 직구 스트라이크였다. 하지만 스트라이크존을 벗어나는 공을 연달아 본 탓인지 홍식에겐 그 공도 볼처럼 보였다. 홍식은 잠깐 망설이다가 외쳤다.

"볼."

5초 후 여자 목소리 기계음이 외쳤다.

"스트라이크."

세 번째 오심이었다. 97번 티셔츠를 입은 찬결이 울 듯한 표정으로 경기장을 빠져나갔고, 다시 한번 정적이 흘렀다.

"세 번의 오심 기회가 모두 소진되었습니다. 이제 오심이 나오면 대결에서 지게 됩니다. 오심이 막판에 몰려서 나오고 있는데, 박홍식 심판의 집중력이 떨어진 걸까요?"

아나운서가 근심 어린 목소리로 묻자, 레전드 은퇴 타자가 안타까워하며 말했다.

"신은섭 선수가 너무 잘 던져서 그래요. 보더라인 맞히는 훈련만 하고 왔다더니 정말인가 보네요. 그리고 신은섭 선수의 공이 워낙 빠르잖아요. 방금 공도 구속이 150이었어요. 저런 공을 사람 눈으로 판정한다는 게 사실 말이 안 되는 거죠. 타자들도 빠른 공은 감으로 쳐요. 대결 시간이 한 시간이 다 되어가는데, 투수 교체할 때마다 잠깐 쉰다 해도 이런 압박감 속에서 집중력을 잃지 않고 판정하는 게 정말 쉬운 일이 아닐 겁니다."

"네, 그래서 그런지 여름도 아닌데 박홍식 심판의 심판복이 땀으로 흠뻑 젖었네요. 지친 기색이 역력한 박홍식 심판, 전력만 공급되면 가차 없이 판정하는 ABS와의 대결에서 이길 수 있을까요? 남은 공은 세 갭니다."

꽉 찬 오심 전광판을 보자 홍식은 숨이 턱 막혔다. 오른손을 들어 은섭에게 타임을 표시하고 다리를 폈다.

"선배님, 다 왔습니다. 물 한잔하시죠."

준호가 생수를 내밀었다.

"고맙네."

홍식은 마스크를 벗고 생수 한 병을 단숨에 다 마셨다. 갈증이 해소되자 숨이 좀 쉬어졌다. 내야석을 보니 아솔과 아진, 미희가 98, 99, 100번 티셔츠를 입고 나란히 서 있었다.

아직 지지 않았어.

홍식은 숨을 깊게 들이마셨다가 천천히 내쉰 후 마스크를 썼다. 그리고 준호 뒤에 서서 다리를 벌리고 몸을 낮췄다. 꼼짝하지 않고 배트를 들고 있는 철용과 위풍당당하게 마운드에 서 있는 은섭과 하얀 홈 플레이트가 한눈에 들어왔다. 투구 준비를 마친 은섭이 여덟 번째 공을 던졌다. 홍식은 홈 플레이트 근처에서 휘어지는 그 공을 끝까지 봤다. 변화구였다. 또 보더라인에 걸치는 직구를 던졌다간 홍식을 응원하는 사람들에게 원망을 들을 것 같아 일부러 빠지는 변화구를 던진 거라고 대결 후 인터뷰에서 은섭이 말했다. 하지만 은섭이 볼을 의도하고 던진 변화구는 의도했던 것보다 덜 휘면서 공의 왼쪽이 오른쪽 보더라인에 걸쳤다. 묻었다고 해도 될 정도로 아주 조금. 쭉 밀려오던 공 줄기가 홈 플레이트 앞에서 밖으로 휘어져 나가는 걸 본 홍식은 고심한 끝에 판정을 내렸다.

"볼."

5초 후 ABS는 다른 판정을 내렸다.

"스트라이크."

"보더라인."

네 번째 오심이었다. 사람들의 탄식과 함께 ABS의 승리와 홍식의 패배를 알리는 경고음이 다시 돔구장에 울려 퍼졌다.

"아, 또 오심이 나왔습니다. 박홍식 심판, 고지를 코앞에 두고 98번째 판정에서 네 번째 오심을 했습니다. 보더라인을 살짝 스치는 변화구였는데, 누가 저걸 맞힐 수 있을까요? 정말 아쉽습니다."

그라운드에 있는 누구도 움직이지 않았다. 은섭은 마운드에 우두커니 서서 어쩔 줄 몰라 했고, 준호는 마지막 공을 잡은 채 프레이밍 하듯 그대로 멈춰 있었고, 철용은 배트로 땅을 짚은 채 고개를 숙이고 있었다. 최 피디를 포함한 제작진도 별다른 조처를 하지 않고 일단은 홍식을 지켜봤다.

홍식은 몸을 낮춘 상태로 잠시 가만히 있다가 다리를 모으고 허리를 폈다. 마스크를 벗고 팔을 들어 얼굴에 흐르는 땀을 닦았다.

"끝났네."

허탈하게 뱉은 홍식의 한마디에 준호도 그제야 몸을 일으켰다.

"선배님, 고생하셨습니다."

준호가 마스크를 벗고 홍식에게 깍듯이 인사했다.

"미안하네. 꼭 이겨서 자네 만세 하는 거 보고 싶었는데…. 이렇게 됐어."

홍식이 별일 아니라는 듯 담담하게 말하자 준호가 고개를 푹 숙였다.

"박홍식! 박홍식! 박홍식!"

응원단이 어느 때보다 크게 홍식의 이름을 연호했다. 홍식은 모자를 벗고 내야석을 향해 90도로 천천히 허리를 숙였다. 돔구장에 계속 홍식의 이름이 울려 퍼졌다.

"박홍식 심판이 대결에서 지긴 했지만, 저는 진짜 진 건 아니라고 생각해요. 까다로운 공이 정말 많았는데 98개 중에 무려 94개를 정확하게 판정했어요. 이 정도로 경합한 것만 해도 정말 대단한 일입니다. 인정해 줘야 해요."

레전드 은퇴 타자가 홍식을 변호하는 동안 곤란한 표정으로 마운드를 서성이던 은섭이 쭈뼛거리며 홍식에게 다가갔다.

"수고했어. 역시 은섭이 공이 좋아."

홍식이 웃으며 악수를 청하자 은섭이 허리를 숙이며 홍식의 손을 힘껏 잡았다.

"선배님, 수고하셨습니다."

홍식은 한 시간 내내 마네킹처럼 같은 자세로 배트를 들고 있어준 철용에게도 악수를 청했다. 철용은 충혈된 눈으로 홍식의 손을 맞잡았다. 홍식이 공을 던진 투수들과 일일이 악수하며 감사를 전하는 동안 준호는 마스크를 움켜쥐고 텅 빈 외야만 물끄러미 쳐다봤다. 최 피디와 제작진은 각각의 반응을 카메라에 담기 위해 분주하게 움직였다. 내야석에 있던 가족들이 그라운드로 내려왔다.

"아빠, 정말 멋있었어."

98번 티셔츠를 입은 아솔이 그렇게 말하며 자신을 안는 순간 홍식은 울컥했다. 하지만 카메라를 의식해 가까스로 감정을 추슬렀다.

"너희도 응원하느라 고생했다."

그렇게 로봇 심판과 인간 심판의 대결은, 아니 ABS를 향한 박홍식 심판의 도전은 실패로 끝났다.

11

배트를 잡고 타석에 선다. 성욱이 형이 마운드에 서 있다. 남서국민학교 야구부에서 가장 공이 빠른 투수, 어릴 때부터 놀이터에서 같이 놀던 형, 나를 놀리는 일에 가장 앞장섰던 골목대장이 마운드에서 뭐라 말한다. "뭐라고?" 내가 소리치니까 성욱이 형이 짓궂은 표정으로 다시 말한다. "쳐봐, 홍시!" 야구부에 들어온 지 한 달이 되었다. 성욱이 형 때문에 야구부 애들도 이제 다 나를 홍시라고 부른다. 이름 때문에 홍시인 줄 안다. 성욱이 형은 내가 왜 홍시인지 알려주려고 틈날 때마다 지극정성으로 나를 놀린다. 나는 한 번도 울지 않았다. 아직은. 배트를 힘껏 잡는다. 감독님이 가르쳐준 대로 공이 날아오는 속도에 맞춰 오른쪽 다리에 힘을 실었다가 무게중심을 이동하면서 팔을 휘두를 작정이다. 성욱이 형의 표정이 바뀐다. 성욱이 형도 공을 던질 때만큼은 진지하다. 공이 날아온다. 배트를 휘두른다. 헛스윙이다. 너무 늦어. 나는 다시 침착하게 배트를 잡는다. 공이 날아온다. 한가운데로 날아온다. 나는 오른쪽 다리에 힘을 실었다가 감독님이 말한 대로 부드럽게 타이밍만 맞춰서 팔을 돌린다. 배트 중심에 공이 맞는다. 별로 힘을 주지도 않았는데 공이 멀리 날아간다. 나는 달린다. 1루로 달린다. 공이 계속 날아간다. 청팀 좌익수가 쫓아간다. 나는 1루를 지나 2루로 달린다. 앞만 보고 열심히 달린다. 어? 어? 와아아! 백팀이 함성을 지른다. 왜? 고개를 돌리니 좌익수가 담장 앞에 가만히 서 있다. 공은 어디에? 내가 속도를 줄이지 않고 계속 달리자 청팀 유격수 형이 말한다. "멍청아, 홈런이야." "네? 홈런이요?" 나는 2루 베이스에 걸려 넘어진다. 하하하. 웃음소리가 들린다. 비웃음은 아니다. 유쾌한 웃음소리다. 나는 일어나 얼떨떨한 표정으로 달린다. 3루 베이스를 밟고 홈까지 천천히 뛰어간다. 홈에서 두 명의 선배가 나를 기다리고 있다. 홈 플레이트를 밟는다. 선배들이 내 머리와 엉덩이를 신나게 때린다. 스리런이다. 3 대 1로 지고 있던 백팀이 4 대 3으로 역전한다. 나의 첫 홈런 때문이다. 나는 얼떨떨하다. 마운드에 서 있는 성욱이 형을 본다. 기분 나쁜 표정이다. 어떡하지? 백팀의 승리로 연습 게임이 끝난다. 뒷정리하다가 성욱이 형과 눈이 마주친다. 성욱이 형이 내 머리를 툭 친다. "홍시, 공 좀 치네." 나는 저절로 안다. 성욱이 형이 나를 홍시라고 부르는 건 그날이 마지막이란 걸. 나는 홈런으로 홍시란 별명을 날려 버렸다. 나는 더 이상 홍시가 아니다. 나는 강하다. 점점 더 강해진다. 야구와 함께. 다시 타석에 선다. 배트를 힘껏 쥐었다가 어깨를 흔들어 몸에 힘을 뺀다. 타격 자세를 취한다. 마운드에 서 있는 성욱이 형이 나를 향해 또 뭐라 말한다. "형, 뭐라고?" 내가 계속 묻는데도 성욱이 형은 히죽거리며 금붕어처럼 입만 벙긋거린다. "안 들려." 내가 소리치자 성욱이 형이 그제야 큰 소리로 말한다. "멱살, 이번에도 홈런 쳐봐!" 나는 놀라서 묻는다. "형, 형이 그 별명을 어떻게 알아?" 성욱이 형이 투구 자세를 취하며 말한다. "이 세상에 네가 멱살인 거 모르는 사람도 있냐?" 성욱이 형이 던진 공이 날아온다. 나도 모르게 배트를 버리고 다리를 벌려 몸을 낮춘다. 생각하면 안 돼, 예측하면 안 돼, 눈으로만 봐야 해, 공 줄기를 봐야 해. 어? 내가 왜 이러지? 어? 내가 왜 이러지? 어리둥절하고 있을 때 딱딱한 야구공이, 146그램의 공인구가 이마를 강타한다.

홍식은 퍼져버렸다. 대결을 마친 당일까지만 해도 괜찮았다. 출연진과 고깃집에서 뒤풀이할 때도 괜찮았고, 거기까지 카메라를 들고 온 제작진이 소감을 물었을 때도 괜찮았다. 좋은 경험이었다고, 이 대결을 계기로 그동안 인간 심판이 겪었던 어려움을 이해하는 사람이 한 명이라도 는다면 그걸로 만족한다고 담담하게 말했다. 진심이었다. 아들과 딸에게 위로 문자를 받았을 때도 생각보다 속상하지 않았다. 집에 돌아와 반신욕을 하고 침대에 누웠을 땐 다 끝났다는 생각에 후련하기까지 했다. 문제는 다음 날부터였다. 아침 일찍 일어나 평소처럼 운동하러 갈 생각이었는데 몸이 일으켜지지 않았다. 데치려고 했는데 푹 삶아버린 시금치처럼 팔다리가 흐물흐물했고, 여름 땡볕에 달궈진 아스팔트처럼 이마가 뜨거웠다. 몸살이었다. 홍식은 시즌이 끝날 때마다 꼬박꼬박 몸살을 앓았다. 이번에는 지독했다. 38도가 넘는 고열과 내장을 토할 것 같은 기침과 손가락 마디 끝까지 침투한 근육통의 동시 방문. 병원 갈 기운도 없어 아내가 사다 주는 약을 먹으며 나흘 동안 침대에 누워 있었는데도 열이 완전히 떨어지지 않았다. 기침과 근육통도 계속되었다. 겨우 몸을 일으켜 병원에 가니 전염병이나 독감은 아니니 약 먹고 푹 쉬라는 진단을 받았다. 대결 때문에 미뤄둔 일들이 걱정되긴 했지만 상태가 조금 나아진 후에도 뭔가를 할 의욕이 생기진 않아 홍식은 그저 침대에 누워 티브이를 보거나 잠을 잤다. 반면 미희는 홍식을 간호하면서도 틈틈이 식탁에 앉아 노트북으로 뭔가를 썼다. 뭘 쓰냐고 홍식이 물으면 별거 아니라고 얼버무렸지만, 홍식은 아내가 소설을 수정하는 중이란 걸 알았다. 그 어느 때보다 애정 어린 눈으로 자신을 보고 있다는 것도.

"왜 그렇게 봐?"

잠에서 깬 홍식이 침대 옆에 서서 자신을 내려다보고 있는 아내에게 물었다.

"내가 어떻게 보는데?"

"구경하듯이."

"그게 무슨 말이야. 끙끙 앓길래 괜찮나 보러 온 거야."

미희가 침대에 걸터앉으며 다정하게 말했다. 잠깐 침묵이 흘렀다.

"소설은 잘 써져?"

홍식이 이마를 만지며 말했다.

"어떻게 알았어? 내가 소설 쓰고 있는 거?"

"계속 노트북으로 뭘 쓰고 있었잖아. 읽어봤어. 당신 소설."

"내가 쓴 소설? 그걸 읽었어? 언제?"

"얼마 전에."

소설을 읽었다고 하면 왜 읽었냐고 타박하거나 부끄러워할 줄 알았는데 아니었다. 미희는 기대 어린 표정으로 물었다.

"어땠어?"

"어땠냐고?"

"응, 어땠어?"

"흥미로웠어."

"어떤 부분이?"

"나약한 남자를 좋아한다는 거랑 홍시라는 제목이."

홍식이 그렇게 말하고 입을 삐쭉 내밀었다. 그러자 미희가 이불을 두드리며 어린아이처럼 천진난만한 웃음을 터뜨렸다.

"그거 당신 이야기 아니야."

"뭐가 아냐. 딱 내 이야기던데."

"그렇게 생각할까 봐 읽지 말라고 한 거야. 별명만 갖다 쓴 거야. 당신이 그런 사람이야?"

홍식은 아내의 입술이 실룩이는 걸 보고 거짓말이란 걸 알았다.

"입술 실룩이지 마."

그러자 미희가 손으로 입술을 가린 후 또 웃었다.

"미안해. 당신 성격 조금 넣었어. 뭘 써야 할지 모르겠는데 선생님이 계속 뭐라도 써 오라고 하잖아. 당신이 아솔이랑 싸울 때라 쓰다 보니 그렇게 됐어. 그래도 은행원으로 바꾸었잖아. 걱정하지 마. 이걸 누가 읽겠어?"

"공모전에 내려고 수정하는 거 아냐?"

"내보긴 할 건데 떨어지겠지, 당연히."

홍식은 몸을 일으켜 침대 헤드에 기댔다.

"내가 나약해 보여?"

"아니야. 과장한 거야."

미희가 다시 입을 가리고 말했다.

"왜 내가 나약하다고 생각했어? 징징대서?"

"징징대긴, 당신이 언제 징징댔어. 나는 당신이 온갖 이야기를 다 해줘서 좋아. 당신만큼 다정한 사람이 어딨어. 친구들이 부러워해. 알잖아."

"솔직하게 말해줘. 나약한 남편이 되고 싶진 않아."

홍식이 먼저 원하는 바를 말했다. 나이가 들면서 점점 아내에게도 체면을 차리게 되었는데, 일주일 넘게 앓은 덕분인지 포장 없이 솔직한 말이 나왔다.

"이제 와서? 그럼 어떤 남편이 되고 싶은데?"

미희가 의외라는 듯 물었다.

"듬직한 남편이 되고 싶지, 당연히. 강인하고."

홍식은 한 번 더 솔직하게 말했다. 그러자 미희가 허공을 보며 생각에 잠겼다. 그리고 말했다.

"홍시가 단감이 될 수 있을까?"

"홍시는 평생 홍시란 거네."

"나는 홍시를 좋아해."

미희가 이불 안으로 손을 집어넣어 홍식의 종아리를 가볍게 주물렀다.

"솔직히 나는 어떤 사람이 강한지 모르겠어. 강한 척하는 사람은 많이 봤어."

미희는 술을 마시면, 때로는 술도 마시지 않고 아내를 때렸던 남자 이야기를 했다. 그 남자와 이혼하고 세 딸을 혼자 키운 여자 이야기를 했고, 엄마가 그 남자에게 맞는 광경이 아직도 생생하게 기억난다는 첫째 딸 이야기를 했다. 홍식은 아내가 눈물을 흘리진 않지만 울고 있단 걸 알았다. 고개를 숙인 채 부드러운 극세사 이불을 끊임없이 쓸어내리는 아내는 어른의 보호가 절실한 아홉 살 여자아이처럼 보였다.

그런 기억을 품고 있었구나.

홍식은 아내가 고개를 들였을 때 눈을 맞추기 위해 이내의 얼굴에 시선을 고정했다.

이럴 때 단감이라면 어떻게 했을까?

아내가 마침내 고개를 들고 홍식을 쳐다봤다.

"아무렇지 않다고 생각했는데 뭔가 맺힌 게 있었나 봐. 나도 모르게 아빠 이야기가 불쑥 써지더라. 이런 이야기 안 했다고 섭섭히게 생각하지 마. 당신한테 처음으로 말하는 거니까."

홍식은 미희가 고개를 들었을 때 자신의 커다란 손을 뻗어 작은 체구의 아내를 안아줄 생각이었다. 하지만 아내가 먼저 손을 뻗었다.

"당신 왜 울어?"

홍식은 아내가 손을 뻗어 뽑아준 휴지로 눈물을 닦았다.

"갱년기라서 그래."

당사자는 울지도 않는데 혼자 우는 게 민망해 홍식이 무뚝뚝하게 말하자 미희가 놀렸다.

"갱년기라서 그런 거 맞지? 홍시라서 그런 거 아니지?"

그런데도 눈물이 멈추지 않았다. 얼마나 놀랐을까? 얼마나 아팠을까? 할 수만 있다면 아홉 살 미희가 목격했던 광경을 지우개로 깨끗이 지워주고 싶었다. 나약한 남편을 만난 탓에 지금까지 말도 못 하고….

"당신 나 때문에 우는 거 맞아? 왜 그렇게 서럽게 울어? 다 지난 일인데."

눈물을 줄줄 흘리자 미희가 휴지를 통째로 갖다주었다.

"단감이 되기는 글렀나 봐."

홍식이 눈물을 닦다가 코를 푼 후 다시 눈물을 닦으며 체념하듯 말했다.

"그래, 포기해. 단감이랑 홍시는 아예 종이 다르다니까. 그리고 당신은 홍시 아니야. 내 앞에서만 울지, 다른 사람 앞에서 터진 적은 없잖아. 때와 장소를 봐가면서 터지는 게 홍신가, 아무데서나 터지는 게 홍시지. 대결에서 졌을 때도 당신 잘 견디더라. 나는 속상해서 눈물 나던데…. 댓글 읽어봤어? 한번 봐봐. 당신 멋있다는 댓글들 많아. 시즌 개막하면 심판들한테 커피 차 보내겠다는 댓글도 있었어. 누워만 있지 말고 고맙다고 댓글도 좀 달고 그래."

대결 이야기가 나오자 순식간에 홍식의 눈물이 그쳤다. 미희가 유튜브에서 좋은 댓글을 골라 읽기 시작했다. 홍식이 괜찮다고 하는데도 꿋꿋이 읽었다. 남편에게 뭐가 필요한지 안다는 듯 확신에 찬 얼굴로, 그게 몸살을 낫게 하는 치료 약이라도 된다는 듯 정성껏.

"최선을 다하는 모습이 얼마나 아름다운지 박홍식 심판님을 보고 알았습니다. 감사합니다. 솔직히 이렇게까지 잘 맞힐 줄 몰랐음. 우리 심판들 수준 괜찮네. 마지막에 못 맞혔을 때 저도 울컥했어요. 앞으로도 심판님 응원하겠습니다."

"여보, 됐어. 인제 그만 읽어."

"왜? 다 좋은 말인데."

자신의 만류에도 아내가 계속 댓글을 읽자 홍식은 짜증이 났다. 결국은 지고 만 대결이 상기되는 게 괴로웠고, 갑자기 어른이 되어 우는 유치원생을 달래려고 동화책을 읽어주는 선생님처럼 구는 아내가 못마땅했다.

"오, 이 댓글 좀 봐봐. 하트가 몇 개야?"

아내가 눈앞에 휴대폰을 들이밀자, 홍식은 더는 참지 못하고 버럭 소리 질렀다.

"여보, 제발!"

홍식이 퍼져 있는 동안 대결 결과가 담긴 마지막 영상이 공개되었다. 앞선 네 개의 영상보단 러닝타임이 길었지만 그래도 20분을 넘지는 않았다. 이전 영상을 보지 않았던 사람들도 대결 결과가 궁금해 찾아봤는지 마지막 편은 공개 3일 만에 300만 조회수를 기록했고, 2,500개가 넘는 댓글이 달렸다. 홍식이 대결에서 졌음에도 불구하고 긍정적인 반응이 대부분이었다. 대결을 긴장감 있게 보여주는 동시에 홍식의 노력에 초점을 맞춘 편집

덕분이기도 했고, 대결이 끝난 후 진행된 개별 인터뷰에서 선배님에게 괜한 제안을 했다며 펑펑 운 준호와 실력이 부족했다며 자신의 한계를 인정한 홍식 덕분이기도 했다.

> 준호 울 때 나도 엄청 울었네. 이게 이렇게까지 감동적일 일인가.
> 무모한 도전은 항상 감동.
> 박홍식 심판님 저 정도로 노력하신 줄은 몰랐음. 진정한 심판이신 듯.
> 가끔 인간 심판이 공 판정하는 날 같은 게 있어도 좋을 것 같아요.
> 김준호 아무래도 야구를 그리워하는 것 같다. 돌아와라. 너는 은퇴 번복해도 받아줄게.
> 다들 멋있다. 정면 승부한 신은섭도 멋있다.
> 이번 시즌에 야구장 가서 심판님들 만나면 인사라도 해야겠어요. 너무 고생이 많으시네요.

영상의 반응이 좋자 아솔은 자기 말을 듣지 않고 대결하길 잘했다고 했다. 아진과 고 서방은 긍정적인 댓글만 캡처해서 수시로 가족 단톡방에 올렸다. 미희도 자기가 나온 장면을 여러 번 돌려보며 재밌어했다.

100개로 바뀌었을 때 그만뒀어야 했어.

홍식은 대결에 응한 걸 계속 후회했다. 노력보다는 실력을 인정받으려고 한 도전이었다. 성공을 확신하고 덤벼들었는데 실패했다. 사람들은 아슬아슬한 패배가 자아낸 극적 효과를 즐겼지만, 홍식은 쓰라렸다. 아슬아슬하게 지든 엄청난 격차로 지든 패배는 패배였다. 제작진이 아무리 고마워해도, 선배님 덕분에 심판 위상이 올라갔다고 후배들이 추켜세워도, 준호가 온 가족을 초대해 저녁을 거하게 샀어도 28년 만에 맛본 패배는 쓰라리기만 했다. 시간이 지나도 혓바늘처럼 돋아난 패배의 쓰라림이 가라앉을 기미를 보이지 않자 차라리 익숙해지는 게 나을 것 같아 홍식은 유튜브에 올라온 대결 영상을 보고 보고 또 봤다. 마지막 오십 장면은 볼 때마다 바늘에 찔린 것처럼 아팠다. 수십 번을 봐도 통증이 줄지 않았다. 아니, 오히려 점점 더 심해졌다. 바늘에 찔린 것 같던 통증은 못에 찔린 것 같더니 나중엔 악의를 가진 누군가가 송곳으로 콱콱 쑤시는 것 같았다.

신은섭 저 새끼만 아니었어도.

홍식은 처음엔 은섭을 원망했고, 나중엔 준호와 제작진을 원망했다. 감당할 수 없을 정도로 원망이 커지면 자신을 지지하는 댓글을 찾아 허겁지겁 읽었다. 그러다가 많지는 않지만 간간이 있는 부정적인 내용의 댓글에 집착하게 되었다.

멱살 새끼 이걸로 이미지 세탁 성공했네.

그래 봤자 지가 멱살이지. 더러운 본성 어디 가겠어?

패배자가 말이 많네. 로봇 심판 만세, ABS 만세!

왜 나를 비난하지? 내가 뭘 잘못했어? 난 정정당당하게 대결했을 뿐이야.

홍식은 자신을 비난하는 댓글에는 '싫어요' 버튼을, 자신을 칭찬하거나 응원하는 댓글엔 '좋아요' 버튼을 누르기 시작했다. 그러면서 일과의 시작과 끝, 그리고 모든 여가 시간을 '준호만세'의 댓글 창에서 보냈다. 2월이 되어 '준호만세'에 새로운 프로젝트 영상이 업로드됐을 땐 홍식이 반응하지 않은 댓글이 하나도 없었다.

왜 댓글을 안 달지? 이제 관심이 식었어? 뭐라도 달아봐. 내가 다 지켜보고 있어.

홍식은 틈날 때마다 새로 고침 버튼을 누르며 새 댓글이 올라오길 기다렸다. 손가락 몇 개로 하는 은밀한 행위였기에 댓글을 향한 홍식의 집착을 아는 사람은 아무도 없었다.

새 시즌이 개막했다. ABS의 스트라이크존이 약간 수정되었고 경기 시간 단축을 위해 몇 가지 규칙이 새로 생겼지만, 크게 달라진 건 없었다. 여전히 공 판정은 ABS가 했고, 인간 심판들은 각자의 위치에서 선수들의 플레이를 판정했다. 심판을 보는 불신의 눈길도 여전했다. 비디오판독으로 판정이 번복되면 야유와 조롱이 쏟아졌고, 오심이 나오면 인간 심판을 비난하는 글이 커뮤니티를 도배했다. 홍식의 일상도 겉으로는 달라진 게 없었다. 홍식을 알아보고 인사하거나 유튜브를 잘 봤다며 음료수를 건네는 사람이 종종 있긴 했지만, 동료 심판들과 전국을 떠돌며 타구와 선수들의 움직임을 판정하고 포수 뒤에 서서 ABS가 내린 공 판정을 앵무새처럼 전달하는 일을 하는 건 그대로였다.

내면은 달랐다. 홍식의 내면은 선수들의 행동 하나하나에 집착하는 새로운 대결 후유증에 시달리고 있었다. 선수들이 공을 던지고 타격하는 것에 집착하는 게 아니었다. 선수들이 심판을 대하는 태도에 집착했다. 주심을 맡으면 첫 타석에 서는 선수들이 인사를 하는지 안 하는지에 신경을 곤두세웠다. 인사를 한다면 어떤 식으로 하는지, 말로만 하는지 고개를 같이 숙이는지, 고개를 숙인다면 어느 정도 각도로 숙이는지를 꼼꼼히 확인했다. 루심으로 나갈 때도 마찬가지였다. 심판이 내린 판정에 선수들이 어떻게 반응하는지, 수긍하는지 의심하는지, 억울해하는지 열불 내는지를 눈여겨봤다. 인사를 하지 않거나 판정에 항의하는 선수들의 이름은 전부 머릿속 장부에 적어두었다. 인사를 깍듯이 하거나 선배님이라는 호칭을 쓰는 선수들의 이름도 적어두었다. ABS와의 대결에서 이겼다면 이러지 않았을까? 하지만 졌다. 의미 있는 패배였다는 평가는 홍식의 귀에 담기지 않았다. 홍식은 선수가 판정에 불복해 비디오판독을 신청하면 괘씸해했고, 달려와 인사하지 않으면 무시한다고 생각했고, 다가와 웃으며 인사하면 자신의 패배를 비웃는다고 생각했다. 자격지심이란 걸 알았다. 대결의 후유증이란 것도. 하지만 선수들을 볼 때마다 과민해지는 마음을 자신도 어찌하지 못했다.

잠실에서 열일곱 번째 경기가 열리는 날이었다. 7회 초, 원 아웃에 주자는 2루, 홈팀이 7 대 4 석 점 차로 앞서고 있었다. 1루심을 맡은 홍식은 덩치가 큰 1루수 몇 발짝 뒤에 서 있었다. 마운드엔 필승조 영건이 서 있었고, 타석엔 2회에 안타로 출루했을 때 홍식과 눈을 마주치고도 인사하지 않아 장부에 이름을 올린 젊은 홈런 타자가 서 있었다. 홍식은 두 손을 무릎에 올리고 촉망받는 선수들의 맞내결을 주시했다. 3B-2S. 투수가 공을 던졌다. 타자가 방망이를 휘둘렀고 배트에 맞은 공이 포수 뒤로 넘어가면서 파울. 여전히 3B-2S, 꽉 찬 카운트. 모두의 집중력이 최

고조에 달해 있을 때 투수가 과감하게 직구를 던졌다. 젊은 홈런 타자는 직구를 노리고 있었는지 망설이지 않고 배트를 휘둘렀다. 배트의 중심에 맞은 공이 1루를 향해 빠르게 날아왔다. 홍식은 재빨리 옆으로 비켜섰다. 어깨높이로 날아오는 직선타라 덩치 큰 1루수가 잡을 수 있을 줄 알았다. 그러나 손을 뻗는 타이밍이 늦었는지 공이 1루수의 글러브를 스치고 홍식이 있는 쪽으로 굴절되었다. 홍식은 날아오는 공을 피하려고 다리를 번쩍 들었다. 하지만 그러는 바람에 또 맞고 말았다. 젠장. 홍식의 종아리를 때린 공은 한 번 더 굴절되어 2루 쪽으로 굴러갔다. 경기는 규칙대로 계속 진행되었다. 타자가 1루로 전력 질주했고, 2루에 있던 주자는 3루를 돌아 홈까지 내달렸다. 홍식은 종아리를 잡고 쓰러지면서도 선수들의 플레이를 끝까지 주시했다. 2루 주자가 홈으로 슬라이딩했고, 주심이 양팔을 펼치며 세이프를 선언했다. 7 대 5 두 점 차가 되었다. 1루에 도착한 젊은 홈런 타자가 더그아웃을 향해 세리머니를 했다. 주심이 쓰러진 홍식을 보고 타임을 선언했고, 홈팀 트레이너가 홍식에게 달려왔다.

"많이 아프세요?"

트레이너가 홍식의 바지를 걷어 올리며 물었고, 홍식은 말없이 미간만 찌푸렸다. 통증은 심하지 않았다. 참을 만했다. 하지만 자기가 친 공을 맞고 심판이 쓰러졌는데도 아랑곳하지 않고 세리머니를 한 젊은 홈런 타자의 행동은 참기 어려웠다.

저 새끼가 심판을 뭐로 보고.

트레이너가 종아리에 냉각 스프레이를 뿌리는 동안 홍식은 적시타를 치고 싱글벙글한 젊은 홈런 타자를 노려봤다. 그러다가 자신과 눈이 마주친 젊은 홈런 타자가 모자를 벗어 사과하거나 유감을 표하지 않고 무심히 고개를 돌리는 걸 보고 자리에서 벌떡 일어났다. 쪼그리고 있던 트레이너가 깜짝 놀라 엉덩방아를 찧었고, 치료를 지켜보고 있던 심판들도 놀라 동그래진 눈으로 홍식을 쳐다봤다. 그러거나 말거나 홍식은 한쪽 바지를 걷은 채 절뚝거리며 1루로 달려갔다. 그 사실을 모르고 태평하게 서 있던 젊은 홈런 타자는 홍식이 자신의 멱살을 향해 팔을 뻗자 반사적으로 몸을 틀었고, 그 바람에 홍식은 균형을 잃고 철퍼덕 넘어졌다. 순간 경기장에 정적이 흘렀다. 1루 베이스를 향해 슬라이딩이라도 한 것처럼 넘어진 홍식은 고운 흙에 얼굴을 박는 순간 정신이 번쩍 들었다. 어디선가 딸의 외침이 들리는 듯했다.

'아빠, 추해!'

젊은 홈런 타자가 어리둥절해하며 홍식을 일으켜 세웠다.

"심판님, 괜찮으세요?"

홍식이 자신의 멱살을 잡으려고 팔을 뻗었다는 생각 같은 건 조금도 하지 않는 얼굴이었다. 뭔가 용무가 있어 팔을 뻗었는데 자기가 피하는 바람에 넘어졌다고 생각해 미안해하는 눈치였다. 다른 사람들도 마찬가지였다. 홍식이 왜 1루로 달려갔는지, 왜 타자를 향해 팔을 뻗었는지 그 이유를 아는 사람은 아무도 없었다. 홍식이 생기 있는 야구를 지키기 위해 고군분투했단 걸 알아준 사람이 아무도 없었던 것처럼….

수치심이 기습 번트처럼 엄습했고, 홍식의 얼굴이 순식간에 달아올랐다.

"어, 꽤, 괜찮네."

홍식은 별일 아니라는 듯 일어나 얼굴과 옷에 묻은 흙을 툭툭 털었다.

"그런데 왜 오셨어요?"

돌아서는 홍식에게 젊은 홈런 타자가 물었다. 홍식은 젊은 홈런 타자의 눈을 봤다. 29년 차 베테랑 심판을 보는 3년 차 야구 선수의 눈에는 두려움이 없었다. 존경심도 없었고, 동업자 정신도 없었다. 그저 방금 벌어진 일에 대한 호기심만 있었다.

이 아이는 아무것도 몰라. 내가 야구를 지키려고 얼마나 애썼는지.

이번엔 깨달음이 스퀴즈 번트에 홈으로 질주하는 주자처럼 들이닥쳤다.

아니야. 내가 지키려고 했던 건 야구가 아니었어. 심판의 권위도 아니었어. 내가 지키려고 했던 건 알량한 내 자존심이었어. 겨우.

홍식은 젊은 홈런 타자의 순진한 눈망울에서 시선을 거두고 주위를 둘러봤다. 양 팀 선수들이 플레이를 멈추고 1루심인 자신을 지켜보고 있었다. 경기 중단에 짜증 난 관중들과 선수들을 잡아야 할 중계 카메라도 자신을 주시하고 있었다. 홍식은 자기가 경기에 생기를 불어넣기는커녕 경기 진행을 방해하고 있단 걸 알아차렸다. 왜 나약한지도.

잠깐의 돌 취급도 견디지 못하는구나, 나는.

너는 결코 강인해질 수 없을 거라는 절망이 돌직구처럼 날아왔다. 고개를 푹 숙인 홍식에게 주심이 다가와 물었다.

"선배님, 왜 그러세요? 무슨 일 있으셨어요?"

홍식이 참담한 표정으로 머리를 흔들자, 젊은 홈런 타자가 영문을 모르겠다는 듯 어깨를 으쓱였다. 관중들이 웅성거리기 시작했다. 홍식은 홍시처럼 빨개진 얼굴로 다리를 절뚝이며 1루심의 위치로 돌아갔다. 주문을 외듯 같은 말을 숭얼거리며.

"나는 돌이다, 나는 돌이다, 나는 돌이다."

작가의 말

2021년 어느 날 저녁을 먹으며 야구 중계를 보다가 타자가 친 공이 심판의 다리에 맞고 굴절되는 장면을 봤다. 무슨 조치가 취해지려나 기다리고 있는데 아무 일 없다는 듯 플레이가 계속되었다. 타구가 내야수를 지나면 심판은 일종의 돌로 취급한다는 해설자의 설명을 듣는 순간 번뜩 이야기가 터져 나왔다.

권위주의가 강한 우리 사회의 단면을 드러내는 이야기를 쓸 작정이었다. 그래서인지 처음엔 홍식과의 거리가 꽤 멀었다. 초고를 읽고 홍식이 겉돌고 있단 걸 깨닫고 화들짝 놀라 처음부터 다시 썼다. 그다음엔 홍식의 성격을 오해했단 걸 알아서, 그다음엔 홍식의 진짜 욕망이 제대로 표현되지 않아서 다시 썼다. 전체를 여러 번 고쳐 쓴 후에야 홍식이 제 목소리를 내기 시작했고, 나는 그제야 잠깐의 돌 취급도 참지 못해 끙끙댔던 나의 못난 경험들에서 이야기가 시작되었단 걸 인정할 수 있게 되었다.

소설을 마무리한 지금 나는 여전히 두렵다. 누군가에게 돌 취급을 받을까 봐, 한 번의 돌 취급에 무너질까 봐. 다행히 나에겐 1년간 정성 들여 빚은 주문이 있다. 심판과 돌 사이를 유연하게 오가게 하는 주문, 진짜로 강인해지는 주문.

"나는 돌이다."

쓸쓸함이 씁히지만, 잘 삼키면 씩씩해질 수 있다. 옹졸한 마음으로 누군가의 멱살을 잡고 싶어지는 순간 이 주문이 효험을 발휘하길 바란다.

메모장에 있던 이야기의 가능성을 알아차리고 생기를 불어 넣어 주신 신지민 편집자님과 주문이 강력해지도록 길을 닦아

주신 김혜정 편집자님, 심판과 야구 선수로서의 경험을 선뜻 나누어주신 곽대이 님, 그리고 이 책이 만들어지는 데 시간을 써주신 많은 분께 깊이 감사드린다.

비시즌이 시작되었다. 이 이야기가 야구 없는 저녁의 헛헛함을 조금이나마 채워줄 수 있길 바라며.

2025년 늦가을, 김유원

심판원에 대한 일반지시

　심판원은 경기장에서는 선수와 깊숙한 사담을 나누어서는 안 되고 코치석 안에 들어가거나 근무 중인 코치와 대화해서도 안 된다.
　제복은 단정하게 착용하며, 경기장에서는 적극적이고 민첩한 동작을 취하여야 한다.
　구단 임직원에 대하여는 항상 예의를 차려야 하나 구단 사무소를 방문하거나 특정 구단 임직원과 친밀하게 행동하는 것은 피하여야 한다.
　심판원은 경기장에 입장하면 오로지 야구의 대표자로서 경기를 관장하는 일에만 전념하여야 한다.
　사태가 악화됐을 때 그 사태를 해결하기 위해 최선을 다하지 않았다는 비난을 받아서는 안 된다.
　항상 규칙서를 휴대하여야 한다.
　분쟁이 일어났을 때 10분간 경기를 묶어두는 한이 있더라도 규칙서를 참조하면서 매듭을 푸는 것이 좋다.
　심판원은 경기에 생기를 불어넣어야 한다. 경기는 심판원이 활기 있고 진지하게 이끌어감으로써 효과적으로 진행될 수 있다. 심판원은 경기장 안의 유일한 공식 대표자이다. 가끔은 강한 인내심과 훌륭한 판단력을 요구하는 난처한 지경에 몰리는 경우가 있지만 이러한 난관을 헤쳐나가는 최우선적인 요점은 감정을 다스리고 자제력을 잃지 않는 것임을 명심하여야 한다. 심판원도 물론 잘못을 범할 수 있다. 그러나 잘못을 범하였더라도 그것을 벌충하려고 해서는 안 된다. 모든 것을 본 그대로 판정하고, 홈구단과 원정구단에 차별을 두는 일이 있어서는 안 된다.
　플레이가 진행 중일 때는 공에서 눈을 떼면 안 된다. 주자가 베이스를 밟았는지를 살피는 것보다 플라이볼의 낙하지점을 확인하는 것, 송구의 행방을 끝까지 지켜보는 것이 더 중요하다.

플레이에 대한 콜을 너무 빨리 하지 말 것이며, 야수가 더블플레이를 완성하려고 송구할 때 너무 빨리 몸을 틀어서는 안 된다. 아웃을 선고한 후에라도 혹시 야수가 공을 떨어뜨렸는지를 살펴야 한다.

달리면서 '세이프' 또는 '아웃'을 표시하는 듯이 팔을 올렸다 내렸다 해서는 안 된다. 팔 동작(arm motion)으로 판정을 표시하는 것은 플레이가 종료된 다음이어야 한다.

각 심판원은 조원들끼리 간단한 사인을 정해둘 필요가 있다. 그렇게 함으로써 제대로 본 심판원(proper umpire)이 명백한 오심을 즉각 시정할 수 있다.

플레이를 정확하게 보았다는 확신이 있으면 "다른 심판원에게 물어봐 달라"며 달려드는 선수의 요구에 응할 필요는 없다. 그러나 확신이 없으면 동료에게 도움을 청하라. 이런 일을 극단으로 몰고 가서는 안 되며 기민하고 냉정하게 움직여야 한다.

그러나 명심하라! 최고의 필요조건은 정확한 판정을 내리는 것이다. 의심스러운 바가 있으면 주저 없이 동료와 상의하라. 심판원의 권위도 중요하지만 더 중요한 것은 '정확한 것'이다.

심판원에게 가장 중요한 철칙은 '모든 플레이를 볼 수 있는 가장 좋은 위치를 확보하라'는 것이다. 심판원의 판정은 100퍼센트 정확한 것이었다 하더라도 선수들이란 여전히 '심판원이 그 플레이를 명확히 볼 수 있는 위치에 있지 않았다'는 의문을 품게 마련이다.

마지막으로, 심판원은 예의를 지키고 불편부당히고 엄격하게 처신하여 모든 사람들로부터 존경받아야 한다.

야구의 규칙과 용어

경기의 목적

1. 야구는 펜스로 둘러싸인 경기장에서 감독이 지휘하는 아홉 명의 선수로 구성된 두 팀이 한 명 이상의 심판원의 주재 아래 이 규칙에 따라 치르는 경기이다(지명 타자 제도를 채택한 경우 열 명이 된다).
2. 공격팀의 목적은 타자가 주자가 되고 주자를 진루시키는 것이다.
3. 수비팀의 목적은 상대팀의 타자가 주자가 되는 것을 막고 주자가 되었다면 진루를 막는 것이다.
4. 타자가 주자가 되어 모든 베이스에 정상적으로 닿으면 그 팀에 1점이 기록된다.
5. 각 팀의 목적은 상대팀보다 많이 득점하여 승리하는 데에 있다.
6. 정식 경기가 끝났을 때 이 규칙에 따라 더 많이 득점한 팀이 승자가 된다.

주요 용어

- 회: 한 팀이 한 차례씩 공격과 수비를 마치면 1회가 된다. 원정팀(선공팀)이 공격하는 동안을 '초(初)', 홈팀(후공팀)이 공격하는 동안을 '말(末)'이라 한다. 이닝.
- 스트라이크와 볼: 투수가 던진 공이 스트라이크존을 지나가면 '스트라이크'다. 타자가 공을 헛친 것이나 파울 팁(foul tip)도 이에 속한다. 반면 스트라이크존을 벗어나면 '볼'이 된다.
  볼이 네 개면 타자는 1루로 진루, 스트라이크가 세 개면 타자는 아웃된다. 3B-2S인 상황을 '풀 카운트(full count)'라 한다.
- 출루: 타자가 안타, 볼넷, 사사구, 수비 실책 등으로 루에 나가는 것을 말한다.

- 주자: 루 위에 나가 있는 선수를 가리킨다.
- 타구: 타자가 배트로 쳐낸 공을 말한다.
- 더블플레이: 한 번의 수비 동작으로 두 명의 주자를 동시에 아웃시키는 것을 말한다. 병살.
- 고의낙구: 노 아웃 또는 원 아웃 상황에서 주자가 1루나 2루에 있을 때, 수비수가 뜬공을 일부러 떨어뜨려 더블플레이를 노리는 행위. 이 경우 타자는 자동 아웃 처리되어, 고의적인 낙구로 인한 불공정한 더블플레이를 방지한다.
- 기습 번트: 투수와 가까운 거리에 타구가 떨어지도록, 타자가 기습적으로 방망이를 공에 가볍게 대듯이 맞추는 일.
- 스퀴즈 번트: 노 아웃 또는 원 아웃의 상황에서 3루 주자를 홈인시키기 위하여 하는 희생 번트.
- ABS(자동 투구 판정 시스템): 여러 대의 카메라가 공의 움직임을 추적하고, 인공지능이 이를 분석해 스트라이크와 볼 여부를 판단하는 시스템이다.
- 비디오판독: 팀당 정규 이닝 기준으로 두 번의 요청이 가능하다. 두 번 모두 판정이 번복되면 한 번이 추가되며, 연장전에 돌입하면 한 번의 요청이 추가로 허용되어 최대 네 번까지 가능하다.
- 포스트시즌: 정규시즌이 종료된 뒤, 상위 네 팀이 우승 팀을 가리기 위해 치르는 경기로 토너먼트로 운영된다. 한국에서는 주로 가을에 열리기 때문에 '가을야구'라고도 불린다.
- 한국시리즈: 한국 프로야구의 최종 결승전. 정규 시즌 1위 팀과 플레이오프 승리팀이 맞붙어 7전 4선승제로 우승을 다툰다.

* 본문과 부록에 수록된 '심판원에 대한 일반지시'와 '경기의 목적'은 KBO·KBSA에서 발행한 《2025 공식야구규칙서》(2025.3.)를 참고 및 발췌하였습니다.

심판이라는 돌

초판 1쇄 인쇄	2025년 11월 17일
초판 1쇄 발행	2025년 11월 28일
지은이	김유원
기획	신지민
책임편집	김혜정
디자인	weme design
책임마케팅	최혜령, 박지수, 도우리, 양지환
마케팅	콘텐츠 IP 사업본부
해외사업	한승빈, 박고은
경영지원	백선희, 권영환, 이기경, 최민선
제작	제이오
펴낸이	서현동
펴낸곳	㈜오팬하우스
출판등록	2024년 5월 16일 제2024-000141호
주소	서울시 강남구 테헤란로 419, 11층 (삼성동, 강남파이낸스플라자)
이메일	info@ofh.co.kr

© 김유원 2025
ISBN 979-11-7577-046-1 (03810)

한끼는 ㈜오팬하우스의 출판브랜드입니다.

- 이 책은 저작권법에 따라 보호받는 저작물이므로 무단전재와 무단복제를 금지하며, 이 책 내용의 전부 또는 일부를 이용하려면 반드시 저작권자와 ㈜오팬하우스의 서면동의를 받아야 합니다.
- 책값은 뒤표지에 표시되어 있습니다.
- 잘못된 책은 구입하신 서점에서 바꿔드립니다.